저 불빛들을
기억해

저 불빛들을 기억해

개정증보판 1쇄 발행 2020년 2월 7일
　　　　　2쇄 발행 2022년 4월 16일

지 은 이　나희덕
펴 낸 이　신혜경
펴 낸 곳　마음의숲

대　　표　권대웅
주　　간　박현종
편　　집　채수희
디 자 인　박기연
마 케 팅　노근수

출판등록　2006년 8월 1일(제2006-000159호)
주　　소　서울특별시 마포구 와우산로30길 36 마음의숲빌딩(창전동 6-32)
전　　화　(02) 322-3164~5 팩스 (02) 322-3166
이 메 일　maumsup@naver.com
인스타그램　instagram.com/maumsup
용지 (주)타라유통 인쇄·제본 (주)에이치이피

ⓒ나희덕, 2020
ISBN 979-11-6285-053-4 (03810)

*이 도서의 국립중앙도서관 출판예정도서목록(CIP)은 e-CIP홈페이지(http://www.nl.go.kr/ecip)와
　국가자료공동목록시스템(http://www.nl.go.kr/kolisnet)에서 이용하실 수 있습니다.
　(CIP제어번호: CIP2020002124)

저 불빛들을
나희덕 산문집
기억해

마음의숲

◇

개정판을 내며

2012년에 나온 산문집 《저 불빛들을 기억해》의 개정판을 준비하면서 새로운 산문을 열 편 남짓 보태고 옛 원고들을 조금씩 손보았습니다. 오랜만에 다시 읽어보니, 시인으로서 삶의 통점들을 너무 직접적으로 드러낸 것은 아닌가 싶기도 합니다. 하지만 그런 헐벗은 고백이 비슷한 고통을 지닌 이에게는 시보다 한결 진솔한 위로가 될 수도 있지 않을까 생각하며 용기를 냈습니다. 개정판에 아름다운 그림을 사용하도록 허락해주신 화가 Scott Bergey 씨께 감사드립니다.

아우구스티누스의 《고백록》을 펼쳐봅니다. 이 책은 잘못 살아온 사람의 내면적 고백인 동시에 자신의 잘못을 돌이켜 거룩한 삶으로 향하게 된 회심回心의 기록입니다. 그래서 읽다 보면 21세기에 사는 우리의 고민이나 5세기에 살았던 한 사제의 고민이 크게 다르지 않구나 하는 생각이 들기도 합니다.

고통으로 가득한 인간의 도성 앞에서 아우구스티누스는 이렇게 말했습니다. 참다운 안식이란 모든 것이 본래 있어야 할 자리로 돌아가는 것이라고. 모든 물체가 스스로의 무게에 의해 움직이듯이, 인간의 영혼도 부단히 움직여 찾아가야 할 인식의 장소가 있다고. "나의 무게는 나의 사랑입니다"라는 그의 말 앞에서 오늘 제 삶의 무게는 얼마나 될까 헤아려봅니다. "늦게야 당신을 사랑했습니다. 제 안에 당신이 계시거늘 저는 제 밖에서 서성이며 당신을 찾았나이다"라고 말하는 순례자처럼, 어떤 돌이킴과 돌아감의 순간이 제게도 찾아와 주기를 기다립니다.

서른을 앞두고 저는 이렇게 질문한 적이 있습니다. "잘 길들여진 발과/ 어디로 떠나갈지 모르는 발을 함께 달고서/ 그렇게라도 걷고 걸어서/ 나 서른이 되면/ 그것들의 하나됨을 이해하게 될까./ 두려움에 대하여 통증에 대하여/ 그러나 사랑에 대하여/ 무어라 한마디 말할 수 있게 될까./ 생존을 위해 주검을 끌고 가는 개미들처럼/ 그 주검으로도/ 어린것들의 살이 오른다는 걸/ 나 감사하게 될까, 서른이 되면."(〈나 서른이 되면〉 중에서)

하지만 서른을 지나 지천명의 나이를 훌쩍 넘기고도 이렇다 할 만한 답을 아직 찾지 못했습니다. 오직 묻고 또 묻는 것만이 그나마 사랑에 가까워지는 길인지도 모르겠습니다. 그래서인지 이 산문집에는 그럴듯한 깨달음보다는 제가 혼란과 고통 속에서 던졌던 수많은 질문들이 자리잡고 있습니다. 그리고 글로 남기지 않았다면 잊혀지고 말았을 어떤 기억들이 도란도란 숨을 쉬고 있습니다.

아우구스티누스의 '사랑' 개념으로 박사 논문을 썼던 한나 아렌트는 신에 대한 사랑을 이웃에 대한 사랑으로까지 확장했습니다. 새로운 사랑의 윤리로서 그녀는 '희망'이나 '욕구'가 아니라 '기억'과 '감사'를 강조했지요. 눈앞에 없는 대상을 막연히 바라고 꿈꾸기보다는, 삶이 주어진 것에 감사하고 지나온 기억들을 잘 들여다보자는 것이지요. 개인에게든 집단에게든 기억은 어제와 오늘과 내일을 잇는 연결 고리가 되어주니까요. 그런 점에서 잘 기억한다는 것은 잘 사랑하는 일이기도 합니다.

세상에 참 평화 없어라……. 이러한 탄식 속에서 새해를 맞이합니다. 그래서 여느 해보다 더 간절히 평화를 기원하게 됩니다. 모쪼록 이 누추한 삶의 기록을 되살리는 일이 작으나마 우리가 잃어버린 불빛을 기억하는 일이 되기를 바라는 마음입니다.

2020년 1월
나희덕

◇

지금 나는 멀리 있다. 다른 나라에서 때로 두근거리며, 서
성거리며, 출렁거리며, 낯선 공간과 시간을 통과하고 있다. 그
출렁거리는 물결이 더이상 눈에 보이지 않을 때까지 강가에
우두커니 앉아 있고는 한다. 강물은 흘러가면서 그것을 바라
보는 이에게도 많은 것을 흘려보낼 수 있게 해준다. 그동안
쓴 산문들을 정리하는 일이 내게는 시간의 강물을 바라보는
일과도 같았다.

강 저편에서 하나둘 켜지는 불빛들이 거기 누군가 살고 있
음을 전한다. 돌아보니, 상처 입은 삶에도 온기 어린 순간들이
적지 않았다. 이 기록이 또한 누군가에게 작은 불빛이 되어주
기를 바라는 마음으로 산문집을 묶는다. 멀리서 보내는 이 편
지가 나보다 먼저 그리운 사람들 곁으로 찾아갈 생각을 하니,

조금 두렵고 설렌다.

　언제부턴가 길을 나설 때 카메라를 챙기는 습관이 생겼다. 셔터를 누를 때마다 렌즈 속의 대상은 몇 개의 점과 선과 면으로 갈무리되곤 했다. 눈을 가늘게 뜨고 세상을 바라보아도 마찬가지다. 때로는 약간 희미하고 낯선 시선으로 세상을 바라보면서 그 추상적인 구도를 발견할 필요가 있다.

　오래전 읽었던 칸딘스키의 《점·선·면》을 다시 들여다보니, 점, 선, 면은 회화적인 요소의 분석을 위해서만이 아니라 삶의 구도와 역학을 설명하기에도 꽤 적절한 개념이라는 생각이 든다. 점은 가장 간결한 존재의 형태로서 그 자체가 하나의 작은 세계라고 할 수 있다. 하지만 점은 스스로 침잠해 있기에 자기중심적인 한계를 지닐 수밖에 없다. 그리하여 점은 다른 점과 만나 선이 되려고 한다. 점이 또다른 점으로 움직여 간 궤적이 곧 선인 것이다. 면은 선과 선이 어떤 각도와 방향에서 만나느냐에 따라 그 안정감과 저항력이 달라진다.

　이 산문집을 점, 선, 면으로 구성한 것도 나와 타인, 그리고 세상 사이의 축도를 보여주기 위해서이다. '점'이 하나의 작은 세계이자 존재의 내밀한 모습을 나타낸다면, 이 점이 다른 점과 맞닿으며 탄생하는 '선'은 개체와 또다른 개체의 만남을 의미한다. 또한 제각기 다양한 형태의 선들이 만나 비로소 완성되는 '면'은 사회 또는 공동체를 뜻한다. 물론 한 편의 글을 그중 어느 하나에 귀속시키기란 쉽지 않다. 어느새 점은 선이 되어 있고, 선은 면이 되어 있고, 면은 하나의 점처럼 보이기도 하기 때문이다. 삶이란 그렇게 점과 선과 면이 역동적으로 만나는 과정일 것이다.

결국 몇 개의 점과 선과 면으로 남게 된 지난 십여 년의 시간을 이만 떠나보낸다. 잘 가라, 그 시간들이여, 그 불빛들이여.

2012년 8월

나희덕

3부
면

살아 있는 존재들이 내는 울음소리를
나는 좀 더 가까이 다가가 듣고 싶다.
사물과 자연을 통해 누군가 얘기하고 있는 것을,
아니 사물 자체가 말하거나 울고 있는 것을 잘 듣고 있으면
그 속에는 이미 시가 흐르고 있다.

1부

점

◇

에덴에서 무등까지

에 덴 에 서 의 십 년

내가 태어난 곳은 '에덴'이다. 평안도 용강 태생인 아버지와 전라도 전주 태생인 어머니가 만나 처음 정착한 곳은 충청도 논산이었다. 그곳에 '에덴원'이라는 보육원이 있었다. 그 울타리 안에서 자라난 나에게 유년은 에덴과 같은 시간이었다.

신혼 시절의 아버지와 어머니가 뒷동산에 올라 찍은 흑백사진을 본 적이 있다. 나지막한 구릉에 앉아서 아담과 이브처럼 수줍게 웃고 있는 젊은 부부. 두 사람 곁에는 얼룩 염소 한 마리가 풀을 뜯고 있었다. 어머니가 보육원 총무로 일하던 그 시절, 아버지는 소일거리로 염소 몇 마리와 닭 몇십 마리를 키우고 텃밭을 일구었다. 아침마다 그 염소에서 짠 젖을 마시고 그 닭들이 낳은 따뜻한 날달걀을 깨먹으며 우리 남매들은 자랐다.

'에덴'의 중심에는 커다란 놋쇠종이 매달려 있고, 백 명이 넘는 식구들은 그 종소리에 따라 모였다가 흩어지곤 했다. 지금도 그곳을 생각하면 백 개가 넘는 숟가락들이 동시에 달그락거리는 소리가 들려오는 듯하다. 그 왕성한 생명의 소리를 들으며 자랐다는 것이 내게 독특한 유토피아의 구조를 마련해준 것 같다. 나는 지금도 낯선 사람들 속에서 한 개의 점처럼 숨은 듯 일할 때 가장 편하고 충일한 느낌을 가진다. 이십 대에 여러 공동체들을 찾아다니며 떠돌았던 것도 그 장엄한 숟가락 소리에 대한 귀소 본능이었으리라.

어떤 점에서 그곳은 에덴과 정반대로 춥고 가난하고 해가 잘 들지 않는 세계였다. 가출, 도벽, 음주, 흡연, 싸움, 섹스 등을 또래보다 일찍 목격하거나 배울 수 있는 곳이었다. 아이들은 봄동이 올라오는 밭가에 앉아 본드를 불며 추위가 지나가기를 기다렸다. 그러나 마당에서 해가 질 때

까지 흙투성이로 놀거나 난롯가에 둘러앉아 키득거리며
서로 이를 잡아주던 것도 그 울타리 안에서였다. 그러니
그곳을 '에덴'이라고 부르지 않을 수 없다.

서울이라는 곳

이삿짐을 실은 트럭이 멈춘 곳은 비슷비슷한 개량 한옥
들이 늘어선 종암동 좁은 골목이었다. 아버지가 서울로 올
라와 구해놓은 방 두 칸짜리 전셋집에서 다섯 식구가 일
년 남짓 살았다. 낯선 친구들과 선생님, 흙으로부터의 절
연, 속도에 대한 부적응, 집단생활에서 도시적 핵가족으로
의 전환⋯⋯ 논산에서 서울로 전학온 나에게는 이런 변화
가 고통스러웠다. 혼자 걷다가 길을 자주 잃었던 것 말고
는 이 무렵의 기억이 거의 남아 있지 않다.

어머니가 '애향원'이라는 보육원에 다시 취직이 되면서
면목동으로 이사를 하고 새로운 집단생활이 시작되었다.
행정구역상으로는 서울이지만 아차산 아래 자리잡은 애향
원은 그런대로 제2의 에덴이 될 만했다. 뒷산에 지천으로
열린 개암과 산딸기가 우리의 것이었고, 개울가에서 세수
하고 가재도 잡으며 남은 십 대를 보낼 수 있었다.

길 위에서의 나날

중·고등학교 육 년 동안 왕복 두 시간 이상 걸어서 통학을 했다. 워낙 마르고 허약한 몸에 무리를 해서인지 중학교 때부터 오른쪽 무릎에 신경염이 생겼다. 갑자기 다리가 아파 오면 아무데나 걸터앉아 통증이 가라앉을 때까지 기다려야 했다. 여름에는 구멍가게 파라솔에 앉아 햇빛을 피했고, 겨울에는 공사판 아저씨들과 드럼통에 지핀 모닥불을 쬐며 얘기를 나누었다. 거리에서 나는 일찍부터 어른들의 친구였다.

수시로 찾아드는 통증은 불편한 것이었지만, 그 덕분에 얻은 자유는 달콤했다. 신경염의 통증 때문에 정해진 등하교 시간에 맞추어 가지 않아도 되는 특권을 나는 수시로 남용했다. 지각과 조퇴가 잦아졌고, 친구들이 교실에 갇혀 있을 시간에 학교 주변의 과수원과 옹기터를 돌아다니며 묘한 해방감을 느꼈다. 아픈 다리를 일부러 혹사하듯 걸어 다녔고, 그러다 참을 수 없이 아프면 바위에 앉아 이끼를 긁어대거나 개미집을 건드렸다.

그런 자유마저 없었다면 나는 교실이라는 공간을 끝까지 견뎌낼 수 없었을지도 모른다. 얼핏 내성적이고 온순해 보이는 아이였지만 내면에는 좀처럼 길들여지지 않는 고

집 센 말 한 마리가 자라고 있었다. 그렇게 생겨난 방황과 해찰의 습관은 꽤 오래 계속되었고 글 쓰는 일로 나를 조금씩 이끌었다.

학교 일과 중에 가장 즐거웠던 시간은 종례가 끝나자마자 도서관으로 달려가 대출구 앞에 줄을 설 때였다. 그때만 해도 도서관의 책을 직접 열람할 수 없었다. 읽은 책을 반납하고 쪽지에 책 제목을 써서 내밀면, 전당포 물건처럼 책을 빌릴 수 있었다. 삼중당문고로 된 《말테의 수기》를 읽으면서 말테가 된 듯 "나는 보는 법을 배우고 있다"고 중얼거리곤 했다. 만딸이 작가가 되는 걸 원치 않았던 아버지에 대한 반감으로 교과서 밑에 시집과 소설책을 숨겨가며 읽었고, 밤이면 글 쓰는 일에 몰두했다.

문예반에 들어갔다가 한두 달 만에 나오고 말았지만 선생님은 백일장에 나를 자주 내보냈다. 입상보다는 합법적인 결석을 할 수 있다는 이유로 나 또한 그 기회를 거절하지 않았다. 백일장에서 상을 자주 타는 것이 내게는 이상한 콤플렉스를 갖게 했는데, 제도화된 인준을 받는다는 사실 자체가 그만큼 규범에 들어맞는 글을 쓴다는 증거처럼 받아들여졌기 때문이다.

윤동주와 정현종, 그리고 숲길

도서관 4층 참고열람실. 벽에는 윤동주 시인이 연희전
문에 다니던 시절의 흑백사진이 확대되어 걸려 있었다. 그
액자 앞자리에 줄곧 앉아 책을 읽고 글을 썼다. 시인의 선
량한 눈빛과 표정은 언제나 찾아갈 수 있는 보리수 그늘
같은 것이었다. 역사의식과 종교적 인식 사이에서, 그리고
현실적 실천과 문학적 실천 사이에서 혼란스러웠던 대학
시절. 윤동주라는 영혼의 부끄러움이 나의 부끄러움을 위
로해주던 1980년대였다.

그러나 나는 점점 윤동주로부터 물려받은 '맑음'이 불편
해지기 시작했다. 무균의 도덕적 염결성이 인간에게 과연
가능한 것일까 하는 회의가 찾아들었고, 비장한 순교 의식
이 현실에서 얼마나 무력하게 무너져내리는지를 경험해야
했다. 마침내 '맑음'은 내면적 분열을 겪기 이전의 미숙함
을 의미하는 것으로 받아들여졌고, 하루빨리 벗어나야 할
좁은 그릇처럼 여겨졌다. 그 불만과 불안의 힘으로 빛을
등지고 오래 걸었다.

시창작 수업에서 정현종 선생님을 만난 일은 커다란 행
운이었다. 선생님은 시를 쓰는 기술을 가르치기보다는 시

인으로 존재하는 방식을 몸소 보여주셨다. 시인의 눈빛과 웃음, 한숨까지도 우리에게는 살아 있는 교과서였다. 하지만 용기가 없어서 개별적으로 선생님을 찾아가 시를 보여드리거나 대화를 나눌 기회는 거의 없었다. 선생님의 표현에 따르면, 당시 나는 시인보다는 좋은 교사가 될 수 있는 자질을 가진 모범생처럼 보였다고 한다. 어쩌면 그 인상을 뒤집기 위해 끈질기게 시를 썼는지도 모른다.

모교 뒷산에는 한 사람이 겨우 걸을 정도로 좁은 오솔길이 있었다. 대학 시절 그 숲길은 나에게 강의실 못지 않은 배움터이자 안식처였다. 마른 가지를 뚫고 나오던 연초록 잎들, 봉원사 근처에서 듣던 저녁 종소리, 어린 짐승처럼 바위에 앉아 바라보던 밤하늘, 마른 낙엽 위에 누워 구름을 바라보던 가을날 오후……. 그 숲의 장면들이 지금도 내 몸속에 고스란히 새겨져 있다.

물론 숲이 아름답고 안온한 휴식만 준 것은 아니다. 거기에는 이파리를 모두 잃고 겨울을 나는 나무들이 있었고, 흙에 나뒹굴며 싸우는 목숨들이 있었고, 서로 먹고 먹히는 생존의 사슬들이 뒤얽혀 있었다. 피 흘리고 있는 세상의 축도縮圖를, 또는 내면에서 일어나는 싸움의 풍경을 그 숲에서 읽기도 했다.

오솔길을 따라 안산 자락을 헤매고 다니면서 나의 눈과 발은 조금씩 시인의 그것에 가까워져갔다. 2학년 시창작론 수업에 제출한 시 〈뿌리에게〉가 그 숲길에서 얻어졌고 그것이 등단작이 되었으니, 결국 그 숲길이 나를 시인으로 만든 셈이다.

정현종 선생님과 오솔길에서 우연히 마주친 적도 몇 번 있다. 그때마다 우리는 눈인사만 빙그레 나누고는 두 마리 개미처럼 각자의 길을 걸어갔다. 은밀한 충전의 시간을 서로 방해하지 않으려는 듯. 스승에게도 그 숲길은 직장 생활을 견디게 해준 공간이었던 모양이다.

첫 투고와 첫 시집

대학을 졸업할 무렵 노트에는 시집 한 권 분량의 시들이 있었지만, 그것을 투고해 시인이 될 생각은 별로 없었다. 그런데 수원에 있는 창현고등학교 교사가 되어 혼자 자취방에 앉아 시를 쓰다 보니 등단의 필요성이 느껴졌다. 첫 투고지는 《창작과비평》이었는데 얼마 후 짧은 편지가 도착했다. 내 원고를 관심 있게 보았으나 등단을 하기에는

좀더 보완이 필요하다는 내용이었다.

그리고 몇 달 후 중앙일보 신춘문예에 투고해 덜컥 시인이 되어버렸다. 등단한 지 일 년쯤 지났을 무렵 창비에서 시집 원고를 한번 보자는 연락이 왔다. 첫 투고에 떨어진 것이 첫 시집의 출간을 비롯해 창비와의 긴 인연을 만들어 준 셈이다.

1989년 여름, 신춘문예 심사위원이었던 조태일 시인을 아현동《시인》사 사무실에서 처음 만났다. 덜덜거리며 돌아가는 선풍기 앞에 러닝셔츠 차림으로 앉아 있던 선생은 남방을 걸쳐 입고는 무작정 나를 데리고 길을 건넜다. 우리가 도착한 곳은 민족문학작가회의 사무실이었고, 선생은 내게 입회원서를 내밀었다. 작가회의에서 만난 문단의 선배들과 '시힘' 동인들은 피붙이 이상의 정을 베풀어주었고, 아현동과 마포 부근에서 자주 술잔을 기울였다. 이따금 마포 강변에 둘러앉아 밤새 노래를 부르기도 했다.

종합병원 중환자 보호자실

삼십 대에는 몇 번의 여름과 겨울을 종합병원 중환자 보호자실에서 보냈다. 삶을 병동에 비유한 시인이 여럿 있지만, 내가 삶과 죽음에 대한 체감을 확실히 갖게 된 것도 종합병원이라는 공간에서였다. 아침저녁 면회시간 외에는 언제 환자의 이름이 호명될지 모르는 불안을 안고 기다려야 하는 중환자 보호자 대기실. 질병과 죽음이 일상처럼 반복되는 그 공간에서 내 귀는 고통에 점점 민감해졌다. 〈이 복도에서는〉이라는 시에서 스스로를 '울음의 감별사'라고 불렀던 것처럼.

보호자 대기실조차 꽉 차서 들어갈 수 없는 날에는 복도 의자에 누워서 밤새 뒤척여야 했다. 그렇게 딱딱한 복도 의자 위에서의 불편한 잠 같은 것이 나의 삼십 대였다. 인생이라는 복도에서 나에게 늘 맡겨진 역할이 환자가 아니라 보호자였다는 사실이 때로 고통스러웠다. 차라리 내가 아프면 비명이라도 지를 텐데, 긴장과 균형을 한시도 놓을 수 없는 보호자로서 가족들의 병수발을 하며 끝도 없는 빚을 감당해야 했다. 고통에 있어서도 나는 늘 조연일 수밖에 없었다.

지금 생각해보면, 어두운 허공에 드러난 뿌리처럼 갈증과 불안에 허덕이던 그 나날들이 시인으로서는 가장 파닥거리며 살아 있었던 시기였던 것 같다. 완전히 고갈된 존

재의 뿌리를 다시 어디에든 옮겨 심지 않으면 안되겠다는
생각이 들었고, 대학을 졸업한 지 십 년 만에 대학원에 진
학했다. 빚더미에 앉아 입학금조차 없는 상황에서 내린 결
단이었지만, 때마침 복간된 대학 잡지 《진리자유》의 기자
로 일하면서 공부를 계속할 수 있었다. 뒤늦은 공부는 새
로운 토양에 나를 착근시켜 주었다. '오늘도 나는 노아 방
주 속으로 들어간다.' 교문에 들어설 때마다 이렇게 중얼
거리곤 했다.

너덜경이 보이는 날

꿈을 꾸었다. 끊어질 듯 좁은 길을 끝없이 걸어가던 내
앞에 갑자기 커다란 강물이 펼쳐졌다. 그런데 수영을 전혀
하지 못하는 내가 꿈속에서는 첨벙, 물에 뛰어들어 한없이
자유롭게 유영하는 게 아닌가. 다시 물에서 나와 어느 산
중턱에 이르렀는데, 저녁 무렵이라 저 아랫마을에 불이 하
나둘 켜지기 시작했다. 가까운 듯 멀게 느껴지는 마을을 보
며 그리로 내려갈까 말까 망설이다 잠에서 깨어났다.

얼마 후 조선대학교 문예창작학과에 자리를 얻어 광주
로 이사를 하게 되었다. 생면부지의 도시와 학교였지만,

동료들의 배려와 자유로운 분위기 덕분에 정착하는 일이 그리 어렵지 않았다. 내가 사는 마을이 무등산 아래 있어서 아침저녁으로 무등산을 바라볼 수 있다는 것도 적지 않은 힘이 되어주었다.

그러다가도 불현듯 모든 게 낯설고 혼자라는 생각이 밀려올 때가 있다. 어느 가을 저녁, 퇴근하려고 차에 시동을 거는데 갑자기 가슴이 뻐근하게 아파왔다. 신체적인 통증은 아니었다. 눈을 들어보니 하늘이 온통 붉게 물들어 있었다. 마치 누군가 아주 예리한 칼날로 내 가슴을 죽 그은 것처럼.

나는 집으로 가지 않고 노을이 잘 보이는 언덕에 차를 세웠다. 그러고는 이렇다 할 슬픔도 없이 울음을 터뜨리고 말았다. 그 울음의 끝은 아주 멀리 있어서, 열 살 때 처음 보았던 노을에까지 흘러가는 것 같았다. 아니, 길을 잃어버린 열 살의 내가 이 까마득한 시간까지 따라와 함께 울고 있었다.

무등산 비탈에는 군데군데 붉은 돌무더기들이 흩어져 있다. 그것을 여기 사람들은 '너덜겅'이라고 부른다. 이 말에서는 왠지 마음이 덜겅덜겅 하는 소리가 나는 것 같다.

너덜겅에는 나무가 자라지 않기 때문에 멀리서는 그 부분이 커다란 화상火傷처럼 보인다. 비가 오는 날이면 너덜겅이 더 붉고 선명하게 보인다. 거기서 나는 광주의 상처를 읽어냈고, 때로는 내가 이끌고 온 상처들이 덧나기도 한다. 그런 날 오랜 친구처럼 시가 나를 찾아온다.

◇

518호라는 방

　광주에 막 도착한 나에게 주어진 방은 518호였다. 연구실 열쇠에 붙어 있는 세 개의 숫자를 보는 순간 그 작고 가벼운 열쇠가 유난히 무겁게 느껴졌다. 안정된 직장과 글을 쓸 수 있는 독립된 공간을 갖게 된 기쁨도 있었지만, 광주라는 도시가 지닌 상처와 대면해야 한다는 두려움도 적지 않았다. 우연이기는 해도 '광주'라는 말과 거의 동시에 떠오르는 이 숫자가 내 방 번호라는 게 어떤 의미심장한 상징처럼 받아들여졌다. 이제 나는 여기서 살아야 한다. 마음 한구석 늘 부채의식을 느끼게 하던 이 도시에서 낯선 것들과 부딪치고 무언가 쓰지 않으면 안 되는 것이다. 그날 이후 518호는 생활의 터전이자 정신의 수감 번호가 되었다.

가을이었다. 뱀이 울고 있었다. 덤불 속에서 뱀이 울고
있었다. 방울소리 같기도 하고 새소리 같기도 한 울음소
리. 아닐 거야. 뱀이 어떻게 울겠어. 뒤돌아서면 등 뒤에
서 뱀이 울었다. 내가 덤불 속에 있는 것인가. 뱀이 내 속
에서 울고 있는 것인가. 가을이었다. 뱀이 울고 있었다.
덤불에 가려 뱀은 보이지 않았다. 덤불은 말라가며 질겨
지고 있었다. 그는 어쩌자고 내게 말을 거는 것일까. 산
을 내려오는데 울음소리가 내내 나를 따라왔다. 뱀은 여
전히 덤불 속에 있었다. 가을이었다. 아무하고도 말을 주
고받을 수 없는 가을이었다. 다음 날에도 산에 올랐다.
뱀이 울고 있었다. 덤불 속을 들여다보면 그쳤다 뒤돌아
서면 다시 들리는 울음소리. 덤불이 앙상해질 무렵 뱀은
사라졌다. 낯선 산 아래서 지낸 첫 가을이었다.

— 〈가을이었다〉 전문

　나는 518호 밖으로 쉽게 나가지 못했다. 그 방에 밤늦게
까지 혼자 앉아 있는 자신이 유령처럼 느껴지는 날이 많았
다. 아는 사람 하나 없는 도시에서 종일 말 한마디 하지 않
고 지내는 날도 있었다. 그러다 답답하면 무등산 자락을

서성거렸다. 그 덤불 속에서 누군가 내게 말을 걸었다. 나는 왠지 그것이 뱀의 울음소리라고 믿어버렸고, 방까지 따라온 울음소리를 들으며 광주에서 첫 가을을 보냈다.

그러나 첫,이라는 말의 낯선 떨림은 이내 사라지는 법이어서 518호는 점점 일상적인 공간이 되어갔다. 그 방을 드나드는 사람들이 하나둘 늘어갔고, 창밖의 세상을 관조할 수 있는 여유 또한 생겨났다. 창밖에는 산을 깎아 건물을 지으며 생겨난 절벽이 있었다. 처음에는 황량한 돌덩어리에 불과한 것 같더니, 어떤 날은 그 바위 틈에 뿌리내린 어린 나무를 발견했고 어떤 날은 그곳에 날아와 앉은 새의 소리를 듣기도 했다. 잊힌 얼굴들도, 모르는 내 속의 짐승들도 그 절벽 속에 다 있었다. 그렇게 먼지와 빗물 사이에서 몇 해의 봄날이 지나갔다.

이처럼 나를 절벽 속에 유폐시킨 것은 어쩌면 광주와의 대면을, 역사에 대한 불편한 숙제를 계속 유예하고 싶었기 때문인지도 모른다. 그러던 어느 날 그 미루어온 질문과 맞닥뜨리는 경험을 하게 되었다.

어느 일요일, 저녁 예배 시간에 교회 안으로 한 남자가 비척비척 신발을 끌며 걸어들어왔다. 그의 옷은 빛바랜 핏

물인지 흙탕물인지 여기저기 얼룩져 있었고, 검게 그을린 얼굴에는 땀이 흘러내렸다. 갑자기 나타난 남자 때문에 목사님은 설교를 멈추었고 모든 사람들이 숨죽이고 그를 주시했다.

드디어 남자가 더듬더듬 입을 열었다.

"저, 저 같은 사람도 용, 용서, 받을 수 있습니까? 고, 공수부대 요원이었던 제가요?"

그 말만으로 남자의 행적을 헤아리기는 어렵지만, 그의 삶이 광주의 아픈 역사와 무관하지 않은 것은 분명했다. 어쩌면 술에 취해 걸어가다가 불 켜진 십자가를 보고 충동적으로 들어왔는지도 모르겠다. 그러나 그의 비현실적인 출현은 우리에게 오래 잊힌 현실을 환기시켰다.

나는 그 오랜 도망자의 얼굴에서 일말의 광기와 더불어 그것을 빚어낸 고통의 그림자를 보았다. 남자의 고백은 1980년의 가위눌림을 생생하게 들려주고 있었고, 그런 점에서 하나의 요구처럼 내 마음 속에 던져졌다. 악몽과도 같은 기억의 떡과 포도주를 나 역시 받아들 수밖에 없다는 것을. 518호는 더이상 밀실이 아니라 내가 걸어들어가고 뿌리내려야 할 땅이라는 것을.

동쪽 창으로 멀리 보이던 無等,
갈매빛 눈매는 성글고 그윽하였으나
그 기억의 분화구를 들여다보기 두려워
한 번도 가까이 가지 못했다
너무도 큰 죽음을 보아버린 눈동자가
저리도 평화로울 수 있다니,
진물 흐르는 가슴이 저리도 푸르다니,
그러나 오늘은 그가 먹구름 속에 들어 계셨다
　　　　　　　－〈그는 먹구름 속에 들어 계셨다〉 부분

　사실 나는 무수히 그의 얼굴을 보아왔다. "밤마다 그의 겨드랑이께 숨은 마을로 돌아와/ 상처 입은 짐승처럼 잠이들면/ 그는 조금씩 걸어 내려와/ 어지러운 내 잠머리를 지키다 가곤 했으니/ 그를 보지 않은 듯 나는 너무 많이 보아온 것이다"(〈그는 먹구름속에 들어 계셨다〉중에서). 하지만 그가 줄곧 내 잠머리를 지키고 있었음을 깨달은 것은 한참 뒤였다. 나는 그의 상처에 대해 제대로 이해하지 못했으나, 어느새 나의 상처 입은 정신은 그에게서 위무받고 있었던 것이다.

나는 아직도 먹구름 속에 들어 계신 무등無等에 대해 제대로 말할 수 없다. 그 산자락 아래 살고 있지만 내 시 속에서 '광주'는 여전히 미래형이다. 분명한 것은 내가 지금도 '518호'라는 방에 갇혀 있다는 사실뿐이다.

◇

구름과 수풀

구름과 수풀. 운림동雲林洞이라는 행정구역상의 지명 대
신 나는 우리 동네를 굳이 이렇게 부르고 싶다. 무등산 아
래 숨듯이 자리잡은 이 마을에서는 구름과 수풀이 어떻게
움직이고 어우러지는지 잘 볼 수 있다.

비라도 뿌리는 날에는 무등산이 먹구름과 안개 속에 묻
혀 어디론가 사라진 것처럼 보인다. 그러나 구름이 걷히고
다시 산이 드러나면 붉은 너덜겅과 한층 짙어진 수풀이 싱
그럽게 다가선다. 볕이 아주 맑은 날에는 흰 구름 몇 점이
저 산정 위로 흘러가며 엷은 그림자를 드리우기도 한다.
허공을 덧없이 스치는 구름과 대지에 뿌리박은 수풀은 그

렇게 서로 깃들기도 하고 벗어나기도 한다. 구름과 수풀의 식솔이 되어 산 지도 어느새 십 년이 넘었다.

유난히 이사를 많이 다닌 나에게는 언제부턴가 생긴 습관이 있다. 이삿짐을 풀자마자 동네를 구석구석 돌아다니며 내 마음의 자리를 먼저 보아두는 일이다. 그럴듯한 마음의 자리를 빨리 발견할수록 그곳에서 뿌리내리기가 한결 수월했던 것 같다.

운림동에서 내가 발견한 마음의 자리는 무등산 기슭에 자리잡고 있는 의재미술관이다. 대표적인 남종화가인 의재 허백련 선생을 기리는 미술관이다. 창이 넓고 현대적인 디자인의 미술관 근처에는 의재 선생이 말년에 칩거하며 그림을 그렸던 춘설헌과 손수 가꾸던 차밭 등이 있다. 마음이 답답하고 정처가 없을 때 나는 미술관 찻집이나 근처 언덕에 우두커니 앉아 있곤 한다.

미술관 앞에 한가롭게 누워 있는 진순이도 빼놓을 수 없다. 사람을 보아도 짖는 법이 없고 눈빛 또한 선량해서 그 개를 볼 때마다 옛 주인이 모습을 바꾸어 여전히 그곳에 살고 있는 게 아닌가 싶다.

문이 열려 있으면 나는 우선 3층 의재 전시실로 올라간다. 전시된 그림보다 더 물끄러미 바라보는 것은 복도 입구에 걸린 그의 흑백사진과 그가 생전에 쓰던 그림 도구들이다. 말라붙은 붓과 물감 그릇을 바라보면서 언젠가 읽었던 의재 선생의 글을 떠올린다. 여든여덟 살의 그는 이렇게 썼다.

요 몇 해 동안은 줄곧 건강이 나빠져서 그림을 그릴 수가 없었다. 나를 따르던 제자들은 철을 가리지 않고 무등산 그늘로 병든 나를 찾아와 준다. 그들은 춘설헌 남향 방에 누운 나를 보고, 나는 그들에게 춘설차 한 잔을 권한다. 나는 차를 마시고 앉아 있는 그들을 보며 내 한평생이 춘설차 한 모금만큼이나 향기로웠던가를 생각하고 얼굴을 붉히곤 한다. 무등산에 해가 지면 그들조차 돌아가고 나는 혼자 누워서 빈손을 허공에 휘두른다. 아직도 그리고 싶은 그림이 많아 그렇게 허공에 그림을 그리고 누워 있는 것이다.

허공에 병든 손을 휘저으며 그는 무엇을 그렸을까. 노老화가의 쓸쓸한 심사를 온전히 이해할 도리는 없지만,

나는 그가 허공에 그렸던 그림이 종이 위에 그린 어떤 그림보다 아름다웠으리라 생각한다. 그런 허공의 시를 나도 언젠가 쓸 수 있을까. 내 삶 또한 차 한 모금처럼 향기로울 수 있을까.

커다란 흑백사진 속에서 선생은 지금도 두 무릎을 세우고 우두커니 앉아 있다. 방은 조금 어둡지만, 열어놓은 창밖에는 빛이 환하다. 빛 속에 무언가 어룽거리는 게 있는 것 같기도 하다. 그의 시선이 창 너머 아주 먼 곳을 향해 있다. 그의 앞에는 낡은 주전자와 그릇들이 여기저기 흩어져 있고, 화구들 틈에서 붓은 조용히 쉬고 있다. 무릎에 놓인 두 손은 무엇을 움켜쥔 듯 보이지만 두 눈은 비어 있다. 그 시선을 따라 내 시선도 멀리 가본다. 빛 속의 어룽거림, 그 너머로.

이 고즈넉한 풍경 몇 개가 내가 광주에 살면서 사랑하게 된 마음의 자리들이다. 그 산자락 어디쯤에서 서성거리다 해가 질 무렵 조금은 적적한 마음으로 걸어내려오며 스스로에게 말을 건넨다. 구름처럼 자유롭게, 수풀처럼 나지막하게 살 수는 없겠느냐고.

◇

말벌과 함께 살기

　어떤 분이 담양의 작은 농가를 빌려주셔서 작업실로 쓰게 되었다. 일주일에 한두 번 가기도 어려운 처지에 시골 집 건사하기가 얼마나 힘든 일인지 절감했다. 특히 올여름은 비가 많이 와서 마당에 무성해지는 풀들을 감당하기가 어려웠다. 게다가 처마 밑에 집을 짓는 말벌들은 왜 그리 극성인지, 하루하루 커져가는 말벌집을 피해 조심조심 드나들어야 했다.

　어느 날 말벌이 갑자기 날아와 내 어깨를 쏘고 말았다. 그 집이 자신들의 터전이라고 여기는 말벌들에게는 이 세입자가 침입자로 보였던 모양이다. 곧 어깨가 부어오르고

욱신욱신 쑤셔왔다. 약간 어지럽고 몽롱한 게 정신도 흐려지는 것 같았다. 다행히도 마루에 한참 누워 있으니 통증이 가라앉았지만, 어깨 위의 침 자국은 꽤 오래 남아 있었다.

이후로 작업실에 가려면 말벌 생각부터 났다. 누군가에게 들으니 119에 전화를 하면 말벌집을 떼어준다고 했다. 벌집을 떼어달라고 사람을 부르자니 민망했지만, 그렇다고 벌 때문에 모처럼 생긴 작업실을 포기할 수는 없었다. 망설이다가 119에 전화를 했더니, 그런 일이 왕왕 있는지 마을 입구에 나와서 기다리라는 답이 돌아왔다. 비가 부슬부슬 내리는 들판을 바라보며 나는 마을 정자나무 아래서 기다렸다.

마침내 사이렌 소리가 가까워지고 빨간 불자동차가 보이기 시작했다. 그 작은 벌집을 해결하려고 온 구급차의 엄청난 크기와 단단히 무장한 대원들의 복장에 순간 웃음이 터져나오는 걸 어쩔 수 없었다. 여름날에 이 무슨 우스운 노릇인가 싶었다. 화염방사기로 말벌집을 떼는 데는 불과 몇 분도 걸리지 않았다.

마당에 뒹구는 벌집과 주변에 흩어져 버둥거리는 벌들을 보며 인간이란 참으로 모질고 이기적인 존재라는 생각이 들었다. 남의 손을 빌렸을 뿐, 그것은 내가 인간으로서 집을 지키기 위해 선택한 폭력이 아니었던가. 가만히 있는 나를 먼저 쏜 것은 말벌이라고 스스로 합리화하면서 말이다.

그런데 이게 웬일인가. 여름이 지나기도 전에 나는 다른 쪽 처마 밑에서 또 하나의 말벌집을 발견했다. 구멍을 부지런히 들락거리며 집을 짓고 있는 말벌들을 바라보면서 나는 생각했다. 이 구체적인 공간 속에서 과연 인간과 자연의 공존은 불가능한 것일까. 정작 나를 괴롭힌 것은 말벌들이 아니라 언제 다시 말벌에 쏘일지도 모른다는 두려움이었다.

멀리 있는, 또는 벌들이 살지 않는 말벌집은 아름답다. 그러나 그것이 막상 내 집 처마에서 자라나고 있을 때, 그 생명의 왕성함은 아름다움보다는 두려움을 느끼게 한다. 자연을 사랑한다는 생태주의자도 자기 집을 어지럽히는 존재들에게는 마냥 너그러울 수 없을 것이다. 올여름 말벌과 씨름하는 동안 깨달은 것이 있다면, 생명에 대한 사랑을 관념적으로 말해온 나 역시 보호본능에 사로잡힌 나약하고 이기적인 인간에 불과하다는 사실이다.

말벌집은 언뜻 허공에 매달린 단단한 바위처럼 보인다. 그러나 거기에는 부드러운 곡선으로 된 물결무늬가 새겨져 있고, 그 속에는 작은 육각의 방들이 자로 잰 듯이 가지런하게 층을 이루고 있다. 그리고 육각의 방 한 칸 한 칸마다 애벌레들이 꼬물거리고 있을 것이다. 그 애벌레들은 집에서 나를 기다리고 있는 아이들과 다를 바가 없지 않은가.

다시 119를 부르지 않고 벌집에 대한 두려움을 견디는 동안 나는 그 집 속의 집, 그 집 속의 방, 그 방 속의 애벌레에 대해 생각하게 되었다. 이런 고민에도 아랑곳하지 않고 말벌이 또 나를 쏜다면 마음이 바뀔지도 모르겠지만, 가능한 한 말벌과의 동거를 계속해나가려 한다. 나나 말벌이나 이 작은 농가에 세 들어 살기는 마찬가지니까.

◇

저 연둣빛처럼

　그동안 살아오면서 실패했던 순간에 대해 누군가 물었다. 크고 작은 실패의 기억들이 마음의 그물코에 걸려들었다. 그런데 그만한 일들을 과연 누구에게 내세울 만한 실패라고 말할 수 있을까 싶기도 했다. 적어도 남들이 한두 번 겪는 낙방이라는 걸 별로 경험해보지 않았으니 나는 오히려 운이 좋은 편에 속한다. 진학이든 취직이든 등단이든 대체로 수월하게 치러냈고, 가르치는 일이나 글 쓰는 일에 노력한 이상의 성과가 따르는 편이었으니까.

　그런데 내가 치명적인 실패의 기억을 별로 갖지 않은 것은 단지 운이 좋고 삶이 평탄했기 때문은 아니다. 돌아보면 어린 시절부터 가난은 늘 그림자처럼 따라다녔고, 사춘기에는 제도에 대한 반감과 부모님과의 마찰로 마음 부대끼는 날이 많았다. 이른 결혼과 출산으로 이십 대를 직장과 집안일에 바치느라 고단한 나날을 보냈고, 때로 지인들에게 배신을 당하거나 마음이 심하게 다치는 경험도 했다.

그러나 그 모든 일들을 나는 실패라고 여기지 않는다. 왜냐하면 그것은 내 의지의 결과라기보다는 어쩔 수 없이 들이닥친 일들이었고, 지금은 이미 망각하거나 극복한 일들이 되었기 때문이다. 또한 현실적인 목표나 야심에 얽매이지 않고 남과 자신을 비교하지 않는 것도 불필요한 좌절이나 열등감을 갖지 않는 데 도움이 되었다.

이렇게 성공과 실패에 대해 비교적 담담하게 생각해 온 나에게도 되짚어보니 견딜 수 없던 시절이 있기는 하다. 그것은 직접적으로 나의 실패는 아니었지만, 내가 사랑하는 사람에게 닥친 실패였고 그 파급력은 한 가정을 산산조각 낼 만큼 대단한 것이었다. 어떤 점에서는 자신이 실패를 겪는 것보다 누군가의 실패를 곁에서 지켜보는 일이 더 힘들다. 자신의 실패에 대해서는 자초한 일이니 달게 받자는 생각을 하게 되지만, 자신이 저지르지 않은 일로 고통을 당하다 보면 억울하게만 느껴진다. 그래서 울화나 원망을 실패의 장본인에게 터뜨리기 쉽고, 나중에는 그 원망의 화염에 휘말려 자신의 삶마저 그르칠 때도 있다.

누구에게나 황무지 같은 시절이 있기 마련일 텐데, 나에게도 어려운 일들이 연이어 들이닥치던 때가 있었다. 남편이 하던 사업이 실패하면서 우리 가정은 빚으로 사면초가 상태에 놓여 있었고, 나는 시간강사를 하며 힘겹게 생계를 꾸려가야 했다. 채권자들의 독촉과 협박에 하루하루가 물 위를 걷는 것처럼 불안했고, 앞날을 생각하면 막막하기만 했다.

어느 날 오후 강의를 마치고 핸드폰을 켜니 낯선 목소리의 음성 메시지가 남겨져 있었다. 사업에 실패하고 지방의 한 공동체에서 지내고 있던 남편이 응급실로 실려갔다는 소식이었다. 나는 놀랄 여유도 없이 서울역으로 달려가 차표를 끊었다. 기차에 몸을 싣고 간신히 숨을 돌리고 나니 종일 물 한 모금조차 먹지 않았다는 사실을 깨달았다. 온몸에 식은땀이 나고 손이 떨리는 게 당장 뭐라도 먹지 않으면 쓰러질 것 같았다. 그래서 김밥을 하나 사서 풀죽은 김밥을 입에 쑤셔넣기 시작했다. 그건 먹는 행위라기보다

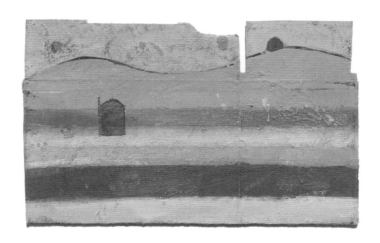

는 기름이 완전히 바닥난 차를 조금이라도 굴려 가기 위한 주유注油에 가까운 안간힘이었다.

그런데 김밥을 씹고 있는 내 눈을 자꾸만 찔러오는 것이 있었다. 연둣빛이었다. 연록의 벼포기들이 저녁 햇빛을 받아 얼마나 눈부시게 일렁이던지 멀미가 날 지경이었다. 어둡기 만한 나의 마음 때문에 더 눈부시게 보였는지도 모르겠지만, 그 연둣빛에서는 아직 상처 입지 않은 순연함이 느껴졌다. '아! 저게 바로 생명의 빛이지. 무릇 사랑도 저래야 하지. 그런데 내 마음은, 내 사랑은, 왜 이렇게 어둡기만 할까.' 이런 생각을 하며 김밥을 네 개째 삼키는 순간, 갑자기 울음이 터져나왔다. 연둣빛이 즙처럼 내 눈에 고였다.

그때 울음을 터뜨린 것이 절망감 때문이었는지 그 빛의 환희 때문이었는지는 잘 모르겠다. 그러나 남편의 실패가 결코 그만의 실패가 아니라 나의 실패이기도 하다는 것을 그 연둣빛을 바라보며 비로소 받아들였던 것 같다. 연둣빛과도 같은 사랑의 힘을 어느새 잃어가고 있음을 발견하면서 나는 오히려 조금씩 정화되는 느낌을 가질 수 있었다.

이처럼 하늘은 때로 나를 직접 치기보다는 내 주변 사람들을 통해 경고와 사랑의 메시지를 보내기도 한다. 그러므로 내가 사랑하는 이들이 아픈 것은 그들의 실패가 아니라 그들에 대한 내 사랑의 실패를 의미하는 것이다. 그런 의미에서 사랑을 잃어버리는 것보다 더 큰 실패는 없다. 잃어버린 재산은 다시 모을 수 있고, 떨어진 시험은 다시 볼 수 있다. 그러나 한번 잃어버린 사랑은 저 연둣빛처럼 완전한 회복이 불가능하다. 이런 자각과 참회를 내 마음에서 일으켜주었으니, 그 참담했던 여름날의 기억도 이제는 실패라고 말할 수 없을 것 같다.

이따금 사랑의 힘이 내 안에서 시들어간다고 여겨질 때마다 그 연둣빛을 떠올리곤 한다. 기차를 타고 계절에 따라 변화하는 들판을 바라보지만, 그때처럼 연둣빛이 강렬하게 느껴지지 않는 걸 보면 내 삶이 조금씩 안정되어가는가 보다. 요즘은 그 들판이 텅 비어 있다. 추수를 끝낸 빈 가슴에 흰 서리를 담고 있는 겨울 들판은 또 나에게 무엇을 말하고 있는 것일까.

◇

식사를 소풍으로 바꾼 저녁

살면서 잊지 못할 밥상을 받거나 차릴 때가 몇 번은 있다. 오래 전 여름, 평소와 마찬가지로 퇴근길에 장을 봐서 집에 돌아왔다. 직장에서 녹초가 된 몸을 이끌고 다시 집안일에 매달려야 하는 것이 어제오늘의 일이 아니건만, 그날은 유난히 몸과 마음을 꼼짝하기가 어려웠다. 그래도 어쩌랴. 제비새끼 같은 아이 둘이 저녁식사를 기다리고 있으니! 할 수 없이 무거운 몸을 일으켜 부엌으로 갔다.

된장찌개를 끓이고 밥을 차리는데 갑자기 가슴 저 아래서 뜨거운 기운이 울컥, 하고 치밀어 올랐다. 단순히 음식 냄새가 일으킨 헛구역질 같은 게 아니었다. 오래 누르고 눌러두었던 설움이 밖으로 빠져나오려는 아우성에 가까웠다. 사업에 실패한 뒤로 빚쟁이들에게 쫓기고 있는 남편의 초췌한 얼굴과 집으로 수시로 걸려오는 협박 전화들…….나는 갑자기 그릇에 담긴 평범하기 짝이 없는 음식들을 도시락에 옮겨 담기 시작했다. 그러고는 아이들에게 외쳤다.

"얘들아! 우리 소풍 가자."

아이들은 엄마의 갑작스러운 제안에 어리둥절해하면서도 좋아라 따라나섰다. 그렇게 우리의 소풍은 시작되었다. 마침 집 가까이에 호수공원이 있어서, 우리는 해가 지는 공원 빈터의 넓은 바위 위에 자리를 잡았다. 바위를 식탁 삼아 그 위에 상을 차리고, 우리는 하루살이떼처럼 잉잉거리면서 저녁을 먹었다. 아이들의 입에 구운 고기를 넣어주며 나는 그것이 내 살점 같다는 생각을 했다. 그러나 엄마의 복잡한 심사를 알 리 없는 아이들은 해맑은 눈동자로 웃으며 장난을 쳤다. 그 눈동자 속에도, 우리가 먹어치운 빈 밥그릇 속에도 붉은 노을이 곱게 담겨 있었다.

애들아, 꼭꼭 씹어 삼켜라.
그게 엄마의 안창살이라는 걸 몰라도 좋으니.

언젠가 오랜 되새김질 끝에

네가 먹고 자란 게 무엇인지 알게 된다면

너도 네 몸으로 밥상을 차릴 때가 되었다는 뜻이란다.

그때까지, 그때까지는

저 노을빛을 이해하지 않아도 괜찮다.

- 〈소풍〉 부분

소풍을 끝내고 우리는 어둑해진 길을 걸어서 집으로 돌아왔다. 아이들이 언젠가 자라 스스로 밥상을 차리게 되었을 때, 그리하여 삶의 고단함을 알게 되었을 때, 이 바위에 둘러앉아 먹었던 밥을 기억하기 바라면서. 먼 훗날 그 기억이 삶의 근원적인 허기를 달래주고 고단함을 어루만져주기를 바라면서.

그렇다. 살다보면 이처럼 눈물 어린 축제가 필요한 저녁이 불현듯 찾아오기도 한다. 하루 또는 한 끼도 거르고 비껴갈 수 없는 것이 '밥'이라는 엄숙한 사실을 삶이 우리에게 가르치는 시간. 그러나 그 일상적 행위를 축제로 바꿀 수 있는 힘 또한 우리 내부에 있다. 밥은 번번이 우리를 무릎 꿇게 하지만, 그 무참함은 때로 황홀한 취기를 베풀어주기도 한다.

정현종 시인은 〈절망할 수 없는 것조차 절망하지 말고……〉라는 시에서 이렇게 말했다. "매일같이 밥을 먹지 않고는 살 수 없으니 나는 밥 중독자이다. (중략) 나는 오늘도 부지런히 일어나 밥을 사냥하기 위해 영광스런 일터로 나아간다. 나는 밥 중독자이다. 밥에 취해서 산다."

예외 없이 밥 중독자인 우리들은 그렇기에 더욱 식사를 소풍으로 바꾸며 살아야 한다. 밥알을 씹으면서 그 껄끄러우면서도 달콤한 맛과 결을 가장 생생하게 느낄 수 있는 것은 바로 그런 순간일 것이다.

◇

무릉은 사라졌어도

그날의 산책은 다소 길어졌다. 봄기운에 이끌려 발길 닿는 대로 쏘다니다가 어느 쇠락한 양계장 근처에 이르렀다. 산 아래쪽으로 축사용 비닐하우스가 꽤 길게 늘어서 있었다. 그중 몇 개는 오랫동안 방치되었는지 비닐이 찢겨진 채 바람에 펄럭이고 있었고, 썩은 분뇨 냄새가 코를 찔렀다.

길을 잘못 들었구나 싶어 발길을 돌리려는 순간 악취를 뚫고 아주 다른 냄새가 한줄기 섞여들었다. 매화꽃 향기였다. 멀리서 가느다란 실처럼 이어져온 꽃향기는 처음에는 희미했지만 시간이 지날수록 강렬해지는 느낌이었다. 그러나 주위를 아무리 둘러보아도 매화나무는 보이지 않았다. 대체 이 향기는 어디서 오는 것일까. 냄새의 진원지를 찾아서 낯선 양계장 단지 안으로 들어갔다. 인적이 드문 양계장을 여자 혼자 헤매고 다니는 게 위험하다는 생각이 들긴 했지만, 매화 향기가 나를 자꾸만 안으로 안으로 불러들였다.

양계장이 끝나는 지점에서 모퉁이를 도는 순간 입에서 탄성이 터져나왔다. 야트막한 산자락에 꽃이 하얗게 만개한 매화 농원이 숨겨져 있는 게 아닌가. 냇물에 떠내려오는 꽃잎을 보고 계곡을 따라 올라가 무릉도원을 발견했던 《도화원기》의 주인공처럼, 다른 신천지라도 발견한 듯 그곳을 향해 다가갔다. 매화 농원의 문은 굳게 잠겨 있었지만, 철망 울타리 아래로 사람이 드나들 만한 구멍이 보였다. 나는 철망 사이를 비집고 들어가 매화 농원에 잠입하는 데 성공했다.

다행히도 농원 안의 작은 막사에는 아무도 없었다. 농번기나 수확기에만 잠시 이용하고 평소에는 비어 있는 것 같았다. 잠시나마 무릉도원의 주인이라도 된 듯 꽃향기에 취해 있자니 바깥세상이 아득하게 느껴졌다. 낡은 평상에 몸을 눕히고 가만히 눈을 감았다. 매화 향기 속에서 수만 마리 벌들이 일제히 잉잉거리는 소리가 들렸다. 얼마 남지 않은 햇살이 안타까운지 벌들은 더 왕성하게 꿀을 땄다. 그렇게 얼마나 누워 있었을까. 나는 나만의 무릉을 뒤로한 채 양계장 밖으로 걸어나왔다.

사는 게 시들해지면 혼자 그곳을 찾아가곤 했다. 왠지 다른 사람에게 알려주면 그 향기로운 무릉이 사라져버릴 것만 같았다. 너무 자주 찾아가도 그럴 것 같았다. 한 해에 한두 번 봄을 맞는 의식을 치르듯 나는 그곳을 찾았다. 어느 해는 너무 이르게 찾아가 꽃이 피지 않았고, 어느 해는 너무 늦게 찾아가 이미 꽃이 진 뒤였다. 어찌된 영문인지 무릉은 그 후로는 첫날의 신비함과 풍성함을 온전히 보여주지 않았다.

한두 해 잊고 지내다가 올봄에 그곳에 다시 가보았다. 그러나 나는 끝내 그 꽃그늘 아래 들지 못했다. 양계장이 폐쇄되고 길이 끊어져 농원까지 걸어갈 수 없었기 때문이다. 누군가 내 은밀한 행복을 시샘하여 무릉에 이르는 길을 막아버린 것일까. 매화 농원으로 가는 다른 길이 있을지도 모르지만, 내 호기심은 흙탕물 가득한 물웅덩이를 건너 모험을 감수하기에는 이미 식어 있었다. 다만 멀리서

희끄무레하게 피어나기 시작한 매화나무들을 바라보았을
뿐이다.

쓰러져가는 양계장 축사들 사이에 서서 나는 눈을 감았
다. 나를 처음 그곳으로 이끌었던 향기를 찾아내기 위해 코
끝은 아주 예민하게 허공을 더듬었다. 그러자 그날의 향기
가 닭똥 냄새를 비집고 서서히 흘러들었다. 삶이란 이처럼
낡은 축사들 사이에서 맑은 향기 한줄기를 찾아내는 지난
한 과정인지도 모른다고 생각하며 그곳에 오래 서 있었다.

◇

건천乾川이 소리를 내기 시작할 때

만물에 대한 글썽임

어릴 때 유난히 울음이 많았다. 슬프거나 아프지 않을 때에도 공연히 눈물을 글썽거리기 일쑤였다. 노을빛을 우두커니 바라보다가 눈가에 물기가 맺혔고, 심중의 말을 간곡하게 몇 마디 꺼내려 해도 울먹임이 앞을 가로막았다. 너무 아름답거나 간절한 것을 보며 어린 나이에 왜 환희보다 아련한 슬픔을 느꼈는지는 알 수가 없다. 다만, 그 툭하면 터지던 울음이 내가 문학이라는 불꽃을 지피는 데 주된 연료였을 거라는 생각은 든다.

그렇다고 해서 내가 감상적 낭만주의자라는 뜻은 아니

다. 나는 내 문학이 만물에 대한 글썽임에서 시작되었다는 것을 의식하면서부터 오히려 그 눈물을 말리고 식히기 위해 애를 썼다. 그래서인가. 언제부턴가 웬만한 일에는 울지 않게 되었다. 견디기 어려운 치욕이나 슬픔 앞에서도 울음은 속에서만 아우성칠 뿐 좀처럼 목을 밀고 올라오는 일이 없어졌다.

홍사용의 〈나는 王이로소이다〉는 다소 장황하고 과장된 시이기는 하지만, 삶이 얼마나 슬픔으로 점철된 것인가를 보여주며 그것을 잘 다스리라 이른다. 어머니는 어린 아들의 귀밑머리를 단단히 땋아주면서 "오늘부터는 아무쪼록 울지 말아라" 말한다. 그날부터 눈물의 왕은 "어머니 몰래 남모르게 속 깊이 소리없이 혼자 우는 그것"이 버릇이 되었다. 이처럼 누구에게나 자의든 타의든 마음의 물줄기를 감추어야 하는 시기는 찾아오게 마련이다.

따라서 눈물이 말랐다는 것은 세상사에 무심해져 가는 것만을 의미하지 않는다. 오히려 밖으로 흐르지 못함으로써 내면으로 더 깊이 숨어버린 물줄기 같은 게 있는 듯하다. 그런 의미에서 시인은 저마다 마음 속에 건천乾川을 하나씩 품고 사는 존재들이라고 할 수 있다. 슬픔을 섣불리

표현할 수 없게 되었을 때, 자신의 슬픔에 덜 열중하게 될 때, 시인으로서는 다른 존재의 울음소리에 좀더 귀 기울일 수 있게 된다.

세상의 소리들을 잘 듣기 위해서

꽤 오래전 일이다. 1박 2일 일정으로 열리는 문학 행사에서 아름답고 화사한 한 여성 시인을 보았다. 먼발치에서 바라보았을 뿐 그녀와 인사를 제대로 나눈 것도 아니었다. 그런데 밤에 술자리가 길어지면서 술에 취한 그녀가 갑자기 울음을 터뜨리며 몸부림쳤다. 나는 그녀가 왜 우는지 알 수 없었지만 짙은 화장기 아래 숨어 있던 아픈 영혼을 보아버린 느낌이었다.

그녀를 간신히 숙소로 부축해 들어와 재우고 나서 나는 우두커니 천장을 바라보고 있었다. 그때였다. 갑자기 뜨거운 기운이 목을 밀고 올라왔다. 내 안의 마른 물줄기가 갑자기 격랑을 만났을 때처럼 수압이 높아지면서 소리를 내기 시작했다. 잠든 그녀의 등 뒤에서 나는 영문도 알 수 없는 울음을 쉽게 그치지 못했다.

그 낯선 사람의 아픈 삶을 속속들이 알지도 못하면서 나는 왜 그녀의 슬픔이 나와 무관하지 않다는 강렬한 느낌에 사로잡혔던 것일까. 흔히 시인을 곡비哭婢에 비유하듯이, 그날의 경험이 내게는 우는 자로서의 운명을 받아들이는 일종의 통과의례 같은 것이었다.

이제 생각해보니 내 시의 팔할은 슬픔이나 연민의 공명共鳴에서 시작된 게 아닌가 싶다. 내 안의 슬픔이 다른 슬픔과 만나 서로 스미고 어루만질 때 흘러나오는 언어. 또는 존재와 존재가 서로 삐걱거리고 뒤척이며 내는 소리들. 시는 그런 다양한 울음소리를 받아 적은 것에 다름 아니다. 그러니 시인이 가장 귀 기울여야 할 것은 만물이 내는 울음소리의 섬세한 리듬과 결이 아닐까.

한 기자가 마더 테레사에게 "수녀님은 무어라고 기도하십니까?"라고 물었다고 한다. 그 질문에 테레사 수녀는 조용히 고개 숙이고 "저는 듣습니다"라고 대답했다. 의아해하며 기자가 다시 물었다. "그러면 수녀님이 들을 때, 하나님은 무어라고 말씀하십니까?" 이 질문에도 역시 그녀는 "그분도 들으십니다"라고 대답했다고 한다. 기도는 고백과 발언의 양식임이 분명하지만 말하는 것 못지 않게 듣는 일이 중요하다는 것을 일깨워주는 이야기다.

'나는 왜 문학을 하는가'라는 질문에 대해서도 하나의 답을 내놓아야 한다면, 먼저 세상의 모든 소리들을 잘 듣기 위해서라고 대답하고 싶다. 특히 살아 있는 존재들이 내는 울음소리를 나는 좀더 가까이 다가가 듣고 싶다. 사물과 자연을 통해 누군가 얘기하고 있는 것을, 아니 사물 자체가 말하거나 울고 있는 것을 잘 듣고 있으면 그 속에는 이미 시가 흐르고 있다.

그 소리들을 받아 적어서 한 편의 시로 완성하고 문예지에 발표하고 시집을 묶는 행위는 어찌 보면 부차적인 것에 불과하다. 시인이 가장 충실하게 살아 있는 순간은 만물의 울음소리를 자신의 몸으로 온전하게 실어낼 수 있는 때다. 마음 속의 건천이 소리를 내기 시작할 때, 죽은 것처럼 보이던 존재가 되살아나고 보이지 않던 것도 보이기 시작한다.

시는 마른 폭포 같은 것

언젠가 지도에도 나오지 않는 작은 폭포를 찾아 강원도 산길을 올라간 적이 있다. 어느새 인가도 사라져버리고 가파른 산길에는 사람도 보이지 않았다. 분명히 이 길로 올라가다 보면 폭포가 나온다고 했는데, 물소리조차 들리지 않았다. 길을 잘못 든 건 아닐까 불안한 마음이 들었다. 마침 한 노인이 바위에 앉아 있기에 그 폭포에 대해 여쭈어보았다. 노인은 더 올라가도 폭포를 볼 수 없을 거라고 했다. 몇 해 전 물줄기가 시름시름 새기 시작해서 이제는 마른 절벽밖에 남지 않게 되었다는 것이다.

물이 숨어버렸다니! 나는 그 소리도 형체도 없는 폭포를 보겠다는 일념으로 지친 걸음을 재촉해 올라갔다. 얼마쯤 올라갔을까. 물이 거의 마르다시피 한 계곡에 홀연 서 있는 절벽을 보았다. 절벽에는 아직 풀포기들이 드문드문 자라고 있었다. 풀포기들은 마치 절벽 속으로 사라진 물줄기를 따라들어간 푸른 발자국들처럼 보였다. 물소리는 들리지 않았지만, 나는 오래도록 그 절벽 앞에 앉아 물소리를 들었다. 더 어두운 곳에 닿아 측량할 수 없는 높이로 곤두서 있는 물소리를. 더 깊이 울게 된 물소리를.

시가 슬픔을 표현하는 방식이란 그 마른 폭포와 같은 것이 아닐까 생각해본다. 그러면서 정지용의 시론을 되새기게 된다. "안으로 열熱하고 겉으로 서늘옵기란 일종의 생리를 압복시키는 노릇이기에 심히 어렵다. 그러나 시의 위

64

의威儀는 겉으로 서늘옵기를 바라서 마지 않는다."

이 말처럼, 눈물을 다스리는 힘이 없이 슬픔을 제대로 노래하기는 어려운 일이다. 울음을 터뜨리려는 힘과 울음을 다스리려는 힘의 팽팽한 긴장. 겉으로는 서늘한 듯하면서 안으로는 뜨거운 슬픔의 샘에서 길어올린 진폭과 파동을 지닌 언어. 시의 위엄은 바로 그런 내면의 싸움을 통과한 언어에 의해 얻어질 수 있는 것이리라.

여기 비추어볼 때 그동안 내가 써온 시는 얼마나 진정성을 지닐 수 있을까. 뒤돌아보면 수많은 슬픔의 물줄기가 실핏줄처럼 뻗은 채 도란거리고 있다. 저 젖은 길들을 과연 내 발로 걸어오기는 한 것일까. 바라건대, 저 실핏줄들이 모여 언젠가는 슬픔의 강물 하나 만들어낼 수 있기를. 넓게 흐를수록 더 깊이 숨어서 우는 건천이 되기를.

◇

피아노가 있는 풍경

피아노를 처음 만난 것은 예배당이었다. 피아노에 대한 첫 매혹은 단지 보았다,는 표현만으로는 충분치 않다. 운명적으로 누군가를 만난 듯 피아노를 처음 본 순간 그것을 치고 싶은, 치지 않고는 견딜 수 없는 어떤 감정을 느꼈으니까. 그날 이후로 교회의 피아노 주변을 간절히 맴돌던 나에게 어머니는 어려운 형편에도 피아노 레슨을 받을 수 있게 해주셨다.

하지만 집에 피아노가 없어서 연습을 하기 위해서는 교회 피아노를 빌려야만 했다. 그래서인지 피아노는 내게 어떤 종교적 분위기나 감정과 주로 연결되어 있다. 지금 생각해보아도 어린 시절 피아노에 대한 열정은 형설지공螢雪 之功이라 부를 만한 것이었다. 교회에 연습하러 갔다가 기도하는 사람이 있으면 그의 기도가 끝날 때까지 하염없이 앉아서 기다렸다. 기약 없이 두세 시간 넘게 기다릴 때도 있었고, 괴팍하고 무뚝뚝한 사찰집사의 눈칫밥도 적지 않게 먹었다.

그래도 여름날에는 사정이 좀 나았다. 겨울에는 난방이 들어오지 않는 예배당의 냉기를 견디기 위해 두터운 외투를 껴입어야 했고, 전등도 마음껏 켤 수 없어 피아노 위에 켜둔 작은 스탠드 불빛에 의지해 악보를 읽어야 했다. 어둠 속에서 비밀상자라도 되는 듯 피아노 뚜껑을 열면 그 속에는 차갑게 얼어붙은 건반이 기다리고 있었다. 얼마 지나지 않아 건반의 냉기가 스며들어서 손끝이 곱아왔다. 얼어붙은 손을 목이나 겨드랑이에 녹이며 피아노를 치던 그 겨울밤들이 지금도 지워지지 않는 음화처럼 남아 있다.

〈음계와 계단〉이라는 시에서 나는 그 기억 속의 풍경을 떠올리며 이렇게 썼다. "예배당의 냉기 속으로 울려퍼지던 음音들은/ 열 살의 아이가 가까스로 피워올린 향과도 같은 것이었다"고. 그리고 "피아노가 음계를 가질 수 있는 것

은/ 검은빛으로 빨아들인 몇 개의 풍경이 있기 때문"이라
고. 어쩌면 나는 인생의 음영을 일찍이 그 예배당과 피아
노를 통해 배워버렸는지도 모른다. 피아노가 흰 건반과 검
은 건반으로 되어 있는 것처럼 인생 또한 빛과 그림자를
거느리고 있음을.

D. H. 로렌스에게 있어서도 피아노는 어린 시절을 떠올
리게 하는 매개이자 어떤 신성함을 향한 지표로 자리잡고
있었던 듯하다. 로렌스의 시 중에서 잘 알려진 〈피아노〉의
마지막 연이다.

　　이젠 검은 피아노의 아파시오나토에 맞춰
　　가수가 소프라노를 뽑아도 감동이 없다.
　　내 어린 날의 아름다움이 되살아나
　　추억의 홍수에 내 어른은 떠내려가고,
　　나는 아이처럼 옛날 생각으로 목놓아 운다.

이제 마음 속 피아노는 유년이라는 돌아갈 수 없는 시간
과 공간에 놓여 있다. 그 까마득한 곳에서 빛나는 건반을
향해 손을 뻗어본다. 그러나 아무 소리도 들리지 않고, 희

고 검은 건반은 물결처럼 자꾸 출렁이며 기억의 상류로 나
를 데리고 간다.

◇

돌멩이가 묻고 있는 것

교실 청소를 끝내고 나온 오후, 세상은 온통 먼지투성이다. 운동장을 가로질러 교문까지 걸어가는 동안에도 입 속에서 모래알이 지금지금 씹히는 것 같다. 바람이 불지 않는 날에도, 황사가 찾아오지 않는 계절에도, 학교에는 늘 먼지가 많았다. 아이들은 학교에 공부를 하러 오는 게 아니라 먼지를 일으키러 오는지도 모른다. 수많은 옷자락의 비벼댐, 쿵쾅거리는 신발에서 떨어지는 흙먼지, 칠판 위에서 글자들이 지워질 때 하얗게 쏟아지던 분필가루…… 학교의 수많은 유리창들 역시 먼지를 삼키기 위해 만들어졌다는 생각까지 든다.

　고아원에도 먼지가 많았다. 하루에도 몇 번씩 치고 박고 싸우는 아이들, 마당 가득 땅따먹기, 오징어, 삼팔선, 망까기의 영토를 그렸던 막대기들, 돌조각을 튕기고 던질 때마다 피어오르던 흙먼지, 오래 빨지 않은 이불을 털 때 햇빛 속에서 웅웅거리던 먼지들……. 우리의 놀잇감은 흙과 돌멩이, 그리고 때가 새까맣게 눌러앉은 서로의 몸뚱이뿐이었다. 아침 저녁으로 각 방의 실장에게 청소 검사와 용의 검사를 받았지만, 빗자루와 물에 쓸려나가는 먼지는 얼마 되지 않았다. 먼지들은 끈질기게 돌아와 우리를 둘러싸고 구석구석 쌓여갔다.

　학교와 고아원. 매일 그 사이를 오가면서 내 마음 속에도 먼지가 쌓여 갔다. 어떤 빗자루로도 좀처럼 쓸려나가지 않는 어떤 무력감, 두려움, 막막함, 이질감 같은 게 일찌감치 자리를 틀고 있었던 것 같다. 사람들은 그걸 일찍 철이 들었다고 표현하기도 했다. 학교에 가면 고아원 패거리라고 놀리고 고아원에서는 총무 딸이라고 따돌림을 당하면서 나는 어디에도 속할 수 없는 아이로 자라났다. 최대한 남의 눈에 띄지 않고 적대감의 대상이 되지 않으려고 몸과 마음을 한껏 구부리고 살았던 시간들. 그래서인지 어린 시절을 떠올리면 그때의 기억들이 부옇게 흙먼지가 낀 것처럼 현상되곤 한다. 하지만 그 황사의 시절에도 하루도 빠짐없이 나를 기다려 준 친구가 있었다.

"아직까지 있었어? 이번 주는 청소 당번이라 기다리지 말라니까……."

"괜찮아. 문제집 풀고 있었어. 어제 배운 문제인데도 왜 이렇게 어려운지. 난 아무래도 머리가 나쁜가봐."

"그래도 열심히 하면 중학교 가선 잘할 거야."

"그럴까? 니가 설명할 땐 알겠는데, 막상 나 혼자 풀려면 정말 모르겠어. 자아, 책가방 이리 줘. 내가 들어줄게."

"싫어. 그러지 마. 자꾸 이러면 나 너랑 못 다닌다아."

"몸 약한 친구 가방 좀 들어주는 게 어때서 그래?"

"그래도 남들이 보면 총무 딸이 친구 부려먹는다고 할 거라구."

"너는 나 공부 갈쳐주는데 나는 해줄 수 있는 게 이것뿐이잖어."

매일 이렇게 실랑이를 벌이다가 S는 끝내 내 책가방을 뺏어들고야 말았다. 한 손에는 제 가방을, 다른 한 손에는 내 가방을 들고 가면서 S는 그때만큼은 행복하고 떳떳한 표정을 지어 보였다. 반면 빈손으로 걸어가야 하는 나는 좌불안석이었다. 그 불편함을 무릅쓰고 S에게 가방을 내 맡겼던 이유는 그녀가 나를 위해 무언가 할 수 있다는 만족감을 차마 빼앗을 수 없어서였다.

따악.

갑자기 뒤에서 돌멩이 한 개가 날아왔다. 돌아보니 고아원 남자애들 몇이 낄낄거리고 있었다. 말하지 않아도 그중 누가 돌을 던졌는지 나는 알고 있었다. K가 내 손목을 겨냥한 것이라면, 명중이었다. K는 도벽이 있는 아이답게 손놀림이 빠르고 정확했다. 나는 손목을 쥔 채 땅에 주저앉고 말았다.

"넌 손모가지가 없냐? 가방은 몸종이 들게 하고……."

K가 내뱉고 간 말이 귓가에서 아프게 맴돌았다. 내가 손목을 감싸쥐고 땅바닥에 앉아 있는 동안 S는 팔을 걷어붙이고 남자애들을 내쫓았다.

"나쁜 새끼들! 잘 알지도 못하고 지랄이야. 근데, 너 괜찮아? 많이 다쳤어?"

S는 팔목을 감싸쥔 내 손을 걷어내고 상처를 쓰다듬어

주었다. 나는 그 돌멩이를 들어서 바라보았다. 돌멩이에는 왠지 피와 소금의 냄새가 묻어 있는 것 같았다. K가 나에게 돌을 던진 것은 단지 S에게 가방을 들게 했기 때문이 아니었다. 부모를 가졌다는 사실만으로 나는 돌멩이를 맞아야 했다. 그것은 K가 세상을 향해, 또는 수없이 불렀지만 끝내 대답이 없는 부모라는 존재를 향해 던졌을 증오의 돌멩이 중 하나였을 것이다. 돌멩이는 내 손목에 시퍼런 멍을 남겼고, 지금도 그 자리에는 보이지 않는 멍이 남아 있다.

K는 나와 같은 반이었고 공부를 잘했다. 유난히 영리하고 자존심이 강한 아이였지만, 그 아이가 자신을 표현하는 방법은 주로 싸움과 도벽을 통해서였다. 학급에서 종종 일어나는 도난 사건이 K의 짓이라는 걸 누구나 알고 있었지만, 누구도 물건을 잃어버렸다고 말하지는 못했다.

K는 고아원에서 싸준 도시락의 반찬통은 일부러 빼버리고 매일 맨밥만 가져왔다. 그러고는 점심시간이면 맨밥에 학교에서 무상으로 주는 급식 우유를 말아 먹으며 내가 보란 듯 떠들어댔다.

"무슨 고아원이 반찬도 안 싸줘. 총무 딸만 입 있냐?"

K는 우유에 젖은 비릿한 밥알을 목으로 밀어넣으며 나

를 조롱하듯 바라보았다. 나는 S와 다를 것 없는 반찬통을 내려다보며 눈물이 핑 돌았다. 먹다 만 도시락을 책상 속에 넣고 교실을 나왔다. 운동장에 날리는 흙먼지가 눈물과 뒤섞여 이리저리 뭉쳐졌다. 간신히 마음을 가라앉히고 교실로 들어왔는데, K의 허풍스러운 식사는 계속되고 있었다.

"이게 얼마나 맛있는 줄 알아? 너희도 이렇게 먹어봐. 해봐. 해보라구."

나는 자리로 돌아와 등 뒤에 날아와 꽂히는 그 소리들이 그치기만을 숨죽여 기다렸다. 사실 나는 알고 있었다. K의 집요한 적대감 속에는 나에 대한 호감도 뒤섞여 있다는 것을. K에 대한 나의 감정 역시 남다른 데가 있었다. 그러나 사춘기에 가까워진 우리는 서로에 대한 감정을 자연스럽게 표현할 줄 몰랐고, 우리가 처한 상황 역시 그런 감정을 허락해주지 않았다. K는 상처받지 않기 위해 나에게 그토록 많은 상처를 입혔고, 결국 어느 해 겨울 고아원에서 나가 다시는 돌아오지 않았다.

환대와 적대 사이에서

나에게 유년은 마음껏 누려야 할 천국의 시간이 아니라

힘겹게 건너야 할 터널 같은 것이었다. 고아원 울타리의 안과 밖 어디에도 속하지 .못한 채 병약한 몸과 내성적인 성격으로 그 시절을 견뎌야 했다. S는 그 무거운 짐을 진심으로 나누어 지려 했던 친구였고, K는 그 나눔이 애초부터 불가능하다는 것을 잔인한 방식으로 가르쳐준 친구였다. 어린 시절 그 환대와 적대 사이에서 사람을 이해하고 사랑하는 법을 배웠다.

스무 살까지 부모 없는 아이들과 성장기를 보냈다는 것이 시인이 된 나에게 어떤 의미를 지니는 것일까. 그 시절은 나의 기질이나 감수성, 삶의 태도 등을 형성하는 데 적지 않은 영향을 미쳤을 것이다. "자식이 너무 많으신 우리 어머니/ 나의 어머니라고 고집부리고 나면/ 왠지 미안해지는 우리 어머니"(〈우리 어머니〉 중에서)라는 구절처럼, 나는 어머니조차 그들과 공유해야 했다. 또한 "합창 기도가 끝나자마자 숟가락은 달그락거리기 시작했다 70개가 넘는 그 소리는 70개가 넘는 종소리가 되어 식당과 우리의 눈동자와 가슴을 끝없이 울렸다 밥 먹고 돌아서기가 무섭게 느껴지는 배고픔을 위하여"(〈종소리에 대하여〉 중에서)에서처럼, 집단적 식욕과 허기는 고스란히 나의 것이기도 했다.

그러나 나는 아이들에게 없는 단 하나의 잉여, 부모가 있
다는 이유만으로 숨죽이고 살아야 했다. 차라리 내가 고아
였다면 마음이라도 편했겠다고 생각한 적이 한두 번이 아
니었다. 일반 가정집 아이들이 당연히 누리는 권리를 나는
부당한 특혜처럼 여겨야 했고, 그래서 늘 먼저 양보하고 참
아야 했다. 매일 S의 숙제를 도와주고 공부를 가르쳐주었
지만 생색을 내거나 S를 부릴 생각은 전혀 없었다. S의 호
의를 뿌리치지 못한 것은 그녀가 주눅들거나 미안해하지
않도록 하기 위해서였다. 하지만 그 배려는 오인되었고 적
대적인 반응을 불러왔다.

K가 던진 돌멩이는 나에게 묻고 있었다. '너는 누구냐'
고. 그 돌멩이는 부모를 가진 자와 못 가진 자를 첨예하게
가르고 '나'와 '그들' 사이에 뚜렷한 경계를 그으며 날아왔
다. 이청준의 소설에서 '너는 누구냐'고 묻는 전짓불 앞에
서의 공포가 반복적으로 나타나는 것처럼, K가 던진 돌멩
이는 이후로도 수시로 날아와 그 질문을 던지곤 했다. 하
지만 나는 내가 누구인지 쉽게 대답할 수 없었다.

그래서일까. 나는 고아원 울타리 안에서 이십 년을 살았

고 그 후로 이십 년 이상을 시인으로 살아왔지만, 정작 그 시절에 대해서는 별로 쓰지 못했다. 첫 시집《뿌리에게》에 몇 편의 시가 실려 있을 뿐, 고아원 친구들에 대해 쓰려고 하면 어떤 완강한 힘이 마음을 가로막곤 했다. 친구들의 극적인 삶을 보아왔지만 그것을 문학적 소재로 삼는 순간 그들을 대상화하는 것처럼 여겨졌기 때문이다. 이제는 누군가의 엄마 아빠가 되어 살고 있을 친구들이 우연히 자신과 연관된 글을 발견하고 어떤 생각을 할까 싶었다. 내 문학적 의도가 다시 오인받을까봐 두려웠다.

유년의 파수꾼

어른이 되고 나서는 그 친구들과 자주 만나지 못했다. 모임에 이따금 나갔지만, 그 자리에 앉아 있는 게 이질적으로 느껴져서 그마저 그만두었다. 고등학교 졸업하고 공장이나 식당에 취직한 친구들이 먹고 사는 일의 어려움을 토로할 때, 나는 대학에 다니며 시를 쓰고 있었으니 말이다. 아르바이트를 몇 개씩 하면서 고단한 대학시절을 이어갔지만 그마저 부당한 특권처럼 여겨졌다. 내 시는 그런 불편함에서 시작되었고, 오랫동안 부채의식에서 자유로울

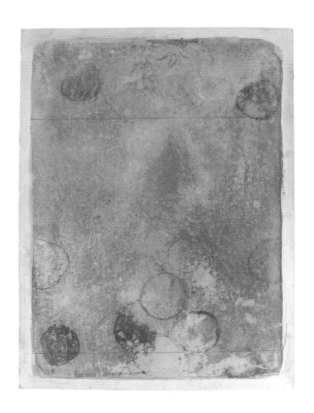

수 없었다. 지금도 '그들'의 이야기를 쓴다는 것은 주제넘은 짓이거나 위선적인 노릇을 면하기 어려운 일일 수밖에 없다는 생각이 든다.

'그들'에 대해 쓰는 것이 불편하다면 '나'에 대해 쓰면 되지 않는가,라고도 반문해보았다. 그러나 그들을 배제한 나의 모습을 떠올리기란 쉽지 않다. 긍정적이든 부정적이든 기억의 실꾸러미는 이미 '우리'라는 이름으로 단단하게 묶여 있다. K가 던진 돌멩이는 '나'와 '그들'을 가르며 날아왔지만, 내 마음은 S와 K를 여전히 피붙이처럼 여기고 있다. 하지만 이제 우리는 '우리'라고 부를 수 있는 어떤 것도 공유하고 있지 못하다.

이런 간극들은 글쓰기의 장애물이 되었지만, 한편으로는 동력이 되기도 했다. '우리'에 의해 거부당하고 소외되었던 '나', 그러면서도 '나'의 개체성을 떳떳하게 주장해본 적 없는 희미한 목소리. 그 부재의 존재감이 지금까지 '나'에 대한 질문을 내려놓지 않도록 해주었으니까. 그렇다면 이렇게 말할 수도 있지 않을까. 나는 그들에 대해 쓰지 못했지만, 그들은 나로 하여금 시를 쓰게 했다고.

고흐는 "내가 세상과 관련을 맺는 유일한 순간은 세상

에 대해 어떤 부채감과 의무감을 느끼는 때이며, 또한 감사의 마음으로 소묘나 회화로 몇몇 작품을 세상에 남기기를 원하는 때"라고 말했다. 그러고 보면 내가 유년기부터 지고 온 부채감이 나쁜 것만은 아니라는 생각이 든다. 이글을 쓰는 지금도 S나 K에 대해 느끼는 것은 감사의 마음에 가까운 것이다. 발터 벤야민의 글에 자주 나오는 '꼽추난쟁이'처럼, 그 친구들은 나에게 불편한 시선이나 질문을 던지면서도 자신을 위해 기도해달라고 요구하는 '유년의 파수꾼'이기 때문이다.

◇

나는 너를 듣고 싶다

아지랑이와 먼지

옛날에 들었던 얼음나라 이야기에서는 모든 말이 입에서 나오는 순간 허공에 얼어버린다. 한번은 말얼음을 보자기에 싸서 이웃나라에 가던 사신이 그만 보자기를 땅에 떨어뜨려 얼음이 산산조각 나고 말았다. 얼음조각들을 간신히 주워들고 이웃나라에 도착한 일행은 그것을 뜨거운 물에 녹였지만 무슨 말인지 알아들을 수 없었다. 그 소식인즉 얼음나라의 잔치가 연기되었다는 것인데, 그걸 모르고 찾아갔다가 며칠 굶고 돌아왔다는 이야기다.

이윽고 얼음나라에 봄이 찾아와 아지랑이가 피어나고, 그 사이로 어떤 소리들이 들려왔다. 꼬르륵, 꼬르륵…….

그들의 배고픔조차 너무 늦게 세상에 알려진 것이다. 작가도 제목도 기억나지 않지만, 말에 관한 상징을 품고 있는 이 이야기 덕분에 봄이 오면 아지랑이가 피워올리는 말에 귀 기울이게 된다. 햇빛을 받은 말들, 따뜻한 물 속에 녹기 시작한 말들의 수런거림을.

《장자》의 〈소요유逍遙遊〉편에는 이런 말이 나온다. "아지랑이와 먼지. 이는 천지간의 생물이 서로 입김으로 내뿜어 생기는 현상이다." 굳이 이 말을 빌리지 않더라도 먼지와 아지랑이가 피어오르는 것은 단순히 과학적인 현상에 머무르지 않는다. 그것은 과학적 해명 이상의 독해를 필요로 한다. 아지랑이나 먼지는 일종의 언어이다. 살아 있는 존재들이 입김을 내뿜어 표현하는, 허공에 투명하게 떠도는 그 말들을 알아듣기 위해서는 마음의 귀가 필요하다. 그리고 눈과 코와 혀와 입술, 손으로도 들어야 한다.

침묵을 뚫고 도란거리기 시작하는 그 소리들은 아지랑이처럼 따뜻하고 아련하다. 겨울이 지나고 봄이 찾아오듯 이따금 말의 해빙이 찾아오는 날. 굳게 닫혀 있던 입들이 열리고 말의 얼음조각들이 온기에 녹기 시작하면서 모락모락 무어라 말하기 시작한다.

부름켜와 나이테

식물의 줄기나 뿌리의 단면을 보면, 수피와 목질부 사이에 부름켜가 있다. 그리고 굵은 나무에는 수십 개의 나이테가 있다. 그것은 세포분열의 흔적이지만, 좀더 인간적으로 말하자면 나무가 비바람을 견디며 살아낸 역정의 기록이라고 할 수 있다.

나는 말에도 부름켜나 나이테 같은 게 있다고 생각한다. 어떤 말에서 켜켜이 쌓인 시간성을 느낄 때, 그 말은 한층 깊게 들린다.

이른 봄날 오래된 묵정밭을 일구기 위해 흙 속에 삽을 깊이 밀어넣었다. 땅을 일구는 행위는 우선 푸성귀나 열매를 얻기 위해서지만, 그 푸른 목숨들이 자라는 동안 대화를 나눌 수 있기 때문이기도 하다. 돋아난 새싹, 어제보다 넓어진 잎사귀, 하루하루 키가 자라고 굵어가는 줄기, 피어나는 꽃망울, 둥글게 맺히기 시작한 열매……. 시간이 지나간 자리마다 늘 새로운 이야기가 남겨져 있다.

그것은 아마도 흙이 풍부한 말의 지층을 품고 있어서이기도 할 것이다. 밭에 가서 나는 "삽날에 발굴된 낯선 흙빛,/ 오래 묻혀 있던 돌멩이들이 깨어나고/ 놀라 흩어지는 벌레들과/ 사금파리와 마른 뿌리들로 이루어진 말의 지층"(〈한 삽의 흙〉 중에서)을 눈이 부신 듯 우두커니 바라보곤 한다. 한 삽의 흙에는 얼마나 많은 생명들이 오글거리고 있는지……. 빛에 마악 깨어난 한 세계를 바라보는 것만으로도 하루의 경작은 충분하리라. 그렇게 발굴된 말은 늘 현재형이다.

열매가 떨어질 때

사람들이 말할 때 그 억양이나 발음에 유심히 귀를 기울여보면, 저마다 모양이 다른 것을 느낄 수 있다. 둥근 말, 각진 말, 길고 뾰족한 말, 짧고 뭉툭한 말, 우둘투둘한 말……. 귀로 듣는 말소리들이 마치 눈에 보이거나 손에 만져지는 것처럼 다양한 모양과 질감으로 변형되곤 한다.

나무 열매가 떨어질 때도 비슷하다. 발화發話의 순간을 오래 기다려온 나무는 가을이 되면 유난히 수다스러워진다. 가을밤 숲에서 열매가 떨어지거나 굴러가는 소리를 들으면 그 열매가 어떻게 생겼는지 보지 않고도 알 수 있을 듯하다. "열매는 번식을 위해서만이 아니라/ 나무가 말을 하고 싶은 때를 위해 지어졌다는 것을"(〈저 숲에 누가 있다〉 중에서) 알게 되면서부터 가을밤 내 발길은 자꾸 숲으로 간다.

신성한 숲을 지나며 어둠 저편에 보이지 않는 누군가 있다고 생각한 것은 상징주의자들이었다. 그들은 신이 나무 위에 앉아서 던지고 있는 둥근 말을 받아 적으려고 했다. 그들에 비하면 현대의 시인들에게 남아 있는 숲은 그리 풍요롭지 못하다. 그러나 가상의 숲을 손가락으로 내달리면서도, 조화가 꽂혀 있는 돌계단을 걸어내려오면서도 여전히 머나먼 숲을 향해 두리번거리는 이유는 무엇일까.

울음소리를 따라

말은 공기와도 같은 것이다. 그래서 낯선 곳에 살게 될 경우 공기가 희박해지는 것처럼 고립감과 절박함을 느끼게 된다. 그러나 그 고립감은 다른 소통으로 이끌기도 한다. 너무 작거나 너무 커서 인간의 가청 범위를 넘어서는 소리들이 들려오는 것도 그런 때가 아닐까 싶다. 물리적 실재를 전혀 갖지 못한 환영이나 환청에 가까운 존재들이 말을 걸어오기도 한다.

늦가을 마른 덤불 속에서 들려오는 울음소리는 누구의

것인가. '다른 말'에 대한 갈망이 여기까지 나를 이끌어왔
으니, 그 울음소리를 따라 더 멀리 가리라. 들리지 않는,
그러나 사방에서 말을 걸어오는 존재들이여. 나는 너를 듣
고 싶다.

◇

쓰러진 회화나무의 말

…… 그러니까, 내가 이렇게 숲에 누워 있게 된 것은 언제부터일까. 한 열흘쯤 되었을까. 아니, 좀더 지났는지도 몰라. 어느 날 내 몸이 '쿵' 소리를 내며 숲에 쓰러진 후로는 어떻게 시간을 헤아려야 할지 모르겠어……. 몇 명의 인부들이 와서 땅을 파기 시작할 때만 해도 그들이 무얼 할지 짐작조차 할 수 없었지. 삽날이 점점 내 뿌리 밑으로 파고들어오는 것을 느끼고서야 그들이 뽑아내려는 게 바로 나라는 사실을 깨달았어.

그러나 그땐…… 이미 늦었어. 고함을 질러도 그들의 귀에는 들리지 않았을 것이고, 만일 들었다 해도 그들은 누군가의 지시를 받고 묵묵히 삽질을 할 뿐이었으니까. 결국 뭍에 끌어올려진 다족류처럼 내 상처 입은 뿌리는 몇 줌의 흙을 움켜쥔 채 완전히 드러나고 말았지. 나를 이렇게 뿌리째 파헤쳐놓고 그들은 그냥 사라져버렸어.

나는 왜 뽑혀져야 했을까. 서서히 시들기 시작하면서도 나는 도무지 영문을 알 수 없었지……. 내가 서 있던 숲이 너무 우거져서 나무들을 솎아낼 필요가 있었을까. 그래서 사철 푸른 것도 아니고 먹을 수 있는 열매도 없는 내가 먼저 선택된 것일까……. 만일 그렇다면 베어내면 그만일 텐데, 굳이 뿌리째 뽑아낼 필요가 있었을까. 혹시 다른 곳에 옮겨 심으려다 잊어버린 게 아닐까……. 한 가닥 희망을 버리지 않고 기다리고 또 기다렸지만, 끝내 아무도 오지 않았어.

이따금 내 곁을 지나는 발소리가 들리곤 했지만, 그들은 내가 쓰러져 시들어가는 나무에 불과하다는 걸 확인하고 사라질 뿐이었지. 아, 이 뿌리를 다시 흙에 대고 숨을 쉴 수만 있다면, 땅속 저 깊은 물줄기에 마른 발을 적실 수만 있다면…….

…… 어제 저녁 무렵 새 한 마리가 날아와 내 등 위에 앉았어. 그런데 참 이상하지. 무언가 살아 있는 목숨이 내 몸에 닿는 느낌이 그토록 생생하다니…….

내가 싱싱하게 잎을 피워올리던 시절 수많은 새들이 앉았다 갔지만, 그게 얼마나 큰 축복이었는지 그땐 알지 못했어. 그런데 새가 부리로 내 마른 등껍질을 톡톡 쪼기 시작하자, 나는 아프면서도 그 통증이 사라질까 두려웠어. 아픔을 느낀다는 것은 내가 아직 희미하게나마 살아 있다는 증거니까.

새의 부리가 내 몸을 쪼아댈 때마다 통증이 온몸으로 전달되면서 어떤 힘을 만들어내는 것 같았어. 전류와도 같은 통증이 마지막 꽃을 피우게 할 수도 있다고 생각했지. …… 나는 가지 끝에 매달린 흰 꽃봉오리들을 열기 위해 온몸의 힘을 모았어. …… 그랬더니, 이봐…… 꽃이…… 꽃이 피었잖아. …… 뿌리에는 몇 줌의 흙이 말라붙어 있을 뿐이지만 이렇게 꽃을 피워냈잖아. …… 이 꽃은 결국 내 죽음 앞에 스스로 내거는 조등弔燈인 셈이지.

그렇게 안간힘으로 피워낸 꽃을 어둠 속에서 누군가 발견한 것일까. 한 여자가 나를 향해 천천히 걸어왔어. 밤중에 여자 혼자 숲에 온 것부터가 심상치 않았어. 그녀는 내 앞에 한참 앉아 있다가 허공을 향해 깊은 한숨을 토해냈어……. 그 한숨 소리가 얼마나 깊던지 내 마음도 함께 땅속으로 가라앉는 것 같더군. 어둠에 가려 또렷하게 보이지는 않았지만 그녀는 만지면 금방 바스러질 낙엽처럼 지쳐 보였어. 아니, 그녀의 마른 손이 나를 천천히 쓰다듬는 순간 그 힘 겨움이 전달되었다고 말하는 게 맞을 거야.

그런데 갑자기 비가, 빗방울이, 후두둑 떨어지기 시작했어. …… 내 말라가는 뿌리를 적셔주려고, 낮은 땅에 피워낸 흰 꽃을 씻어주려고 멀리서 찾아온 손님처럼. …… 비가 내리기 시작한 거야. …… 그녀의 푸석거리는 뺨에도 빗방울이 한줄기 성호를 긋듯이 지나갔지. 그런데도 그녀는 갑작스러운 비를 전혀 피하려는 기색이 없었어. 오래 기다렸다는 듯 아주 달게 비를 맞으며 서 있었어.

…… 그녀도 나도 천천히 비에 씻기고 있었지. 그러는 동안 나는 느꼈어. 빗물이 죽은 영혼을 흔들어 깨우고 온몸의 감각을 다시 살아나게 할 수 있다는 것을. 바스라지기 직전의 몸과 영혼에게 비는 향기로운 몰약과도 같다는 것을. 죽음에 부식되기 시작한 육체를 더이상 썩지 않게

해주는 불멸의 안료……. 빗물은 마른 내 몸을 수액처럼 적셔주었고, 그것만으로도 다시 살아난 것 같았어. 다시 대지의 젖줄에 입을 댄 것처럼 내가 피워낸 흰 꽃에도 물방울들이 싱그럽게 맺혔지.

그러면서 나는 오래 전부터 전해 내려오는 한 나무의 이야기를 기억해내었어. 옛날에 아슈밧타라는 신성한 나무가 있었어. …… 그 거대한 나무는 거꾸로 선 채 뿌리를 천상에 두고 풍성한 잎으로 온 대지를 덮었다고 해. 하늘의 신성한 힘을 거꾸로 세워진 뿌리로 받아 그 힘으로 희고 아름다운 꽃을 피웠다는 나무.

…… 그런데 때로는 생명의 고리를 끊기 위해 우주목인 아슈밧타를 거슬러오르는 이들이 있었다고 해. 탄생과 죽음의 영원한 순환에서 벗어나는 길은 그 나무의 질긴 뿌리를 잘라버리는 것이라고 믿었기 때문이지. 그 나무를 벤 자만이 다시는 이 세상에 돌아오지 않을 수 있다고. 그러나 실제로 그런 자유를 얻은 사람이 있을까. 붓다조차 그 인연의 고리로부터 완전히 자유로울 수는 없었지.

임종이 가까웠을 때 붓다는 남은 힘을 다해 숲으로 찾아갔다고 해. 그는 함께 간 제자에게 자신을 두 그루의 살라

나무 사이에 눕히라고 했어. 위대한 스승은 이름 없는 숲에 자신의 마지막 뿌리를 내리러 간 것이지. …… 나무 그늘에서 숨을 거둔 그의 몸 위로 두 그루 살라나무는 제철도 아닌데 꽃을 피웠다고 해. 썩기 시작한 몸과 피어난 꽃잎은 그렇게 하나가 되었지.

…… 아슈밧타를 떠올리는 것만으로도, 붓다의 죽음을 기억하는 것만으로도 힘이 나는 것 같아. …… 그들처럼 나도 숲에 쓰러진 채 꽃을 피웠으니까. 거대하고 신성한 아슈밧타는 아니지만, 삶과 죽음이 함께 깃들어 있는 나무토막 정도는 되지 않을까. 이렇게 생각하니까 내 마지막도 그리 나쁘지 않다는 생각이 들어.

어젯밤 숲에 왔던 그녀가 비에 젖은 몸을 일으키면서 중얼거리던 말이 무엇이었는지 알아? …… 고맙다, 비야. …… 고맙다. …… 고맙다. …… 그녀는 나지막하게 중얼거리면서 하염없이 걸어갔어. 몰약과도 같은 빗줄기에 스스로의 절망을 장사 지내며 걸어가고 있었는지도 모르지.

…… 지금은 비가 그치고 아침 햇살이 조금씩 스며들고 있어. 내 뿌리에 남아 있던 붉은 흙덩이들도 땅 위로 흘러내리고…… 새도, 그녀도…… 보이지 않아. …… 그러나

이제는 내가 이 숲에 쓰러져 눕게 된 이유를 더는 묻지 않아도 될 것 같아. 아직도 한 사흘은 이렇게 세상을 볼 수 있겠지. 흰 꽃도 그때까지는 시들지 않을 거야. …… 이렇게 스스로를 장사 지낼 수 있는 축복도 모든 나무에게 주어지는 것은 아니라는 걸…… 이제는…….

◇

서른 살의 아침

며칠 있으면 또 한 살 나이를 먹는다. 그런데 언제부턴가 해가 바뀌어도 늘어가는 나이에 대해 별 감흥이 없어졌다. 누가 갑자기 나이를 물어보면 그제야 더듬더듬 헤아려보는 것은 나이를 먹는 일에 의식적으로 무감해지고 싶어서일까. 물론 나이에 대해 유난히 예민하고 비장했던 시기가 없지 않았다. 그건 서른 살 무렵이었던 것 같다. 이제 큰애의 나이가 서른이니, 내 서른 살의 기억은 까마득하지만 말이다.

누구나 한 번은 서른 살의 아침을 맞는다. 연대기적인 시간이 우리에게 주는 나이 중에서 삼십 세는 고통과 혼란의 문으로 들어서는 문턱과도 같다. 그 문턱에서 우리는 삶의 명암과 감각이 근본적으로 달라지는 것을 경험하게 된다. 빛보다는 어둠이, 즐거움보다는 통증이 몸과 마음을 지배하기 시작하는 것이다.

최승자 시인이 일찍이 〈삼십 세〉라는 시에서 선언했던 것처럼, 나에게도 서른이라는 나이는 "이렇게 살 수도 없고 이렇게 죽을 수도 없을 때" 치통처럼 찾아왔다. 또는 세상을 향한 항복의 깃발을 흔들 듯 "흰 손수건을 내저으며" 왔다. 그렇게 서른 살의 첫 항복은 그동안 느껴온 고통이나 환희가 실은 세상에 몇 발자국 들여놓지 못한 자의 것이었음을 인정하는 일에서 시작되었다. 그 흰 손수건은 또한 그동안 믿어온 가치나 이념, 우상들이 남루하기 그지없는 존재라는 걸 받아들인다는 의미이기도 했다.

나를 포함한 인간의 한계와 부조리함을 깨닫는 순간, 또는 사회의 거대한 구조 앞에서 내 자신이 작은 나사에 불과하다는 것을 느끼는 순간, 도무지 무엇을 믿어야 할지 무엇을 해야 할지 알 수 없었다. 아니, 무엇인가를 믿는다는 것이야말로 가장 어리석은 일처럼 느껴지기도 했다. 최승자 시인의 표현대로 세상은 "끝없는 광물질의 안개"처럼 두텁고 막막하며, 그 속에서는 "이제 새로 꿀 꿈이 없"
다는 것을 깨닫게 되는 것, 그것이 서른 살의 통증이었다.

이런 낯선 징후들로 혼란스러워하던 나의 내면을 최승
자의 〈삼십 세〉는 한줄기 뢴트겐광선처럼 뚫고 지나갔다.
특히 첫 연을 읽을 때마다 정말로 이가 시큰거리며 그 통
증이 온몸에 퍼지는 것 같은 전율이 느껴졌다.

그런데 오십 대의 나이가 되어 이 시를 다시 읽으며 가
슴을 새삼 치게 되는 대목은 오히려 마지막 연이다. "오 행
복행복행복한 항복/ 기쁘다우리 철판깔았네"라는 발랄하
고 경쾌한 어조 속에 들어 있는 반어적 슬픔이 이제 온전
히 내 것이 되었기 때문일까. 세상에 영혼을 내주고, 내주
고, 또 내주면서, '행복'과 '항복'을 동의어처럼 생각하게
되었기 때문일까. 더이상 그 누구도 순결하고 무모하게·사
랑할 수 없는 나이가 되어서일까. 이런 질문들을 던지는
동안 안도의 한숨 뒤에 쓸쓸한 웃음이 따라온다.

얼마 전 큰애와 통화를 하고 나서 밤새 앓았다. 객지에
서 자취하며 신입사원으로 일하고 있는 아이가 월급 액수
가 찍힌 통장을 보고 속이 울컥 치밀어올랐던 모양이다.
나는 지금은 고단하고 자존심이 상해도 열심히 살다보면

나아지는 날도 오지 않겠느냐는 상투적 위로밖에 건넬 수가 없었다. 엄마로서, 기성세대로서, 자식에게 그런 삶을 물려준 것이 미안하고 무력하기만 했다. 그러면서 문득 내가 통과한 서른 살의 통증이 떠올랐다.

잃어버린 무엇을 찾는 사람처럼 나는 오랜만에 책장에서 잉게보르크 바하만의 소설 《삼십 세》를 뽑아들었다. 서른 살 무렵 내가 밑줄 그은 부분이 눈에 들어왔다. 이십 몇 년 만에 펼쳐든 이 소설의 마지막 문장을 여러 번 소리내어 읽어본다. "내 그대에게 말하노니 — 일어서서 걸으라. 그대의 뼈는 결코 부러지지 않았다." 이 문장을 곱씹으며 서른의 나를 일으켜세우던 날들이 있었다.

지쳐서 주저앉아 있는 나를 향해 무슨 주문처럼 다시 외운다. 일어서서 걸으라. 그대의 뼈는 결코 부러지지 않았다, 라고. 새해가 오기 전에 서른 살의 아들에게도 이 구절을 전해주어야겠다.

저 불빛들을 기억해.
저렇게 수많은 방 속에서 병과 싸우고
자신과 싸우고 있는 사람들이 있다는 걸.
너는 혼자가 아니라는 걸…….

2부

선

◇

저 불빛들을 기억해

불이 환하게 켜진 방에서는 창밖이 잘 보이지 않는다. 그러나 어두운 길에서 불 켜진 방을 바라보면 실내의 풍경이 손에 잡힐 듯 선명하게 보인다. 행복한 사람에게 타인의 불행은 잘 감지되지 않는 반면, 불행한 사람에게 타인의 행복은 너무 빛나고 선명해 보이는 것도 같은 이치일까. 그런데 불빛 아래 있을 때는 정작 자신을 둘러싼 그 빛의 소중함을 잘 느끼지 못한다. 불빛에서 멀어지고 나서야 그 시간들이 얼마나 따뜻하고 축복받은 순간이었는지 깨닫게 된다.

몇 해 전, 아이가 갑자기 아파서 두 달 가까이 병원에 입원해 있었다. 처음에는 병실이 없어 응급실에서 이틀 동안 기다렸다가 간신히 입원실을 배정받을 수 있었다. 감기도 잘 걸리지 않고 건강하게 자라온 아이에게 갑자기 1형 당뇨라는 질병이 찾아왔을 때, 정말 눈앞이 캄캄해졌다. 당장 오르내리는 혈당을 안정시키는 것도 문제지만, 어린 나이부터 평생 인슐린 주사를 맞으며 살아갈 생각을 하면 마음이 아려 견딜 수가 없었다. 혈당이라는 감옥은 순간순간 우리를 옥죄어 들어왔다.

하지만 앞으로 닥칠 불행까지 미리 걱정할 여유가 없었다. 원하지 않았지만 불시에 들이닥친 질병에 대해 우선 정확하게 알고 받아들이는 것이 필요했고, 하루빨리 병세를 호전시키기 위해 노력하는 것만이 그때로서는 최선이었다. 왜 하필이면 우리 아이에게 이런 병이 찾아왔을까, 하는 원망이나 질문도 일단 접어두기로 했다. 아이 곁을 지키며 병을 이겨낼 수 있는 용기와 지혜를 달라고 기도할 따름이었다.

그런 막막함 속에서 며칠이 지나고, 나의 시야에는 점점 병동에 있는 다른 사람들의 모습이 들어오기 시작했다. 소아병동의 아이들과 그 부모들은 저마다의 고통과 싸우고 있었다. 일곱 살이 넘었는데도 말을 하지 못하는 아이, 열 살의 나이에도 돌배기 정도밖에 성장하지 못하고 인공적인 관리로 간신히 생명을 이어가는 아이, 소화 기능이 약해 고무호스로 영양을 공급받고 배설해야 하는 열두 살 소년, 척추와 뇌에 종양이 생겨 몸을 제대로 가누지 못하는 열다섯 살 소녀……. 어떤 아이는 한 끼에 스무 가지가 넘는 약을 먹어야 했고, 어떤 아이는 십 년 이상 병원을 제집처럼 들락거리며 장기 입원을 해야 했다.

그 아이들에 비하면 그래도 우리 아이가 가장 양호한 편이었다. 그런데 놀란 것은 질병과 그토록 오래 싸워온 아이들과 부모들이 아주 씩씩하고 평화롭게 일상을 지켜가고 있다는 사실이었다. 생명이라고 부르기도 어려운 지경의 아이들을 한결같이 보살피는 엄마들을 보면서 나의 놀라움은 점차 존경심으로 바뀌어갔다. 그들도 처음엔 두렵고 막막했다는 말을 들으며 용기를 얻었고, 같은 공간에서 고통을 겪고 있다는 이유만으로 연대감이 생겼다.

아이가 조금씩 기운을 되찾게 되면서, 아이와 나는 하루에도 몇 번씩 운동 겸 산책을 했다. 혈당을 낮추기 위해서는 운동을 많이 해야 하지만 도심의 병원이라는 공간은 운동과 산책에 그다지 좋은 환경이 아니었다. 할 수 없이 같은 복도나 계단을 수십 번씩 오르내리며 운동량을 채워야 했다.

어느 날 저녁, 우리는 걷다가 복도 끝에 앉아 잠시 쉬면서 맞은편 병동을 바라보았다. 수백 개의 창문들에 불이 켜져 있었고, 방마다 각기 다른 병을 앓고 있는 사람들이 보였다. 늘상 보아온 풍경이지만, 그날따라 불빛 하나하나가 예사롭게 보이지 않았다. 그렇다. 불 켜진 방이라고 해서 늘 행복한 온기로 가득한 것은 아니다. 나는 그 창문들을 가리키며 아이에게 말했다.

"저 수많은 창문들을 보렴. 지금은 병원에 있으니까 주변에 아픈 사람들뿐이지만, 퇴원하면 너는 건강한 사람들 속에서 살아가야 해. 그러다 보면 왜 나만 이렇게 아플까 하는 생각이 들 거야. 그때 저 불빛들을 기억해. 저렇게 수많은 방 속에서 병과 싸우고 자신과 싸우고 있는 사람들이 있다는 걸. 너는 혼자가 아니라는 걸……."

퇴원을 하루 앞두고 나는 병실을 먼저 떠나는 게 미안해 다른 엄마들과 밥이라도 한 끼 나누고 싶었다. 병동 휴게

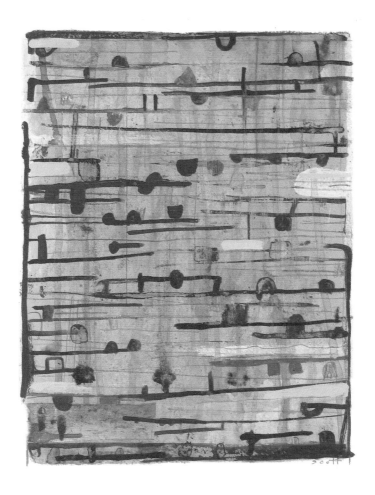

실로 중국 음식을 몇 가지 주문하고, 밖에 나가 소주 한 병을 사왔다. 병동에서는 술을 먹는 것이 금지되어 있지만, 마지막으로 위로의 술 한 잔을 간절하게 건네고 싶어서였다. 우리는 소주병을 검은 비닐봉지로 싸서 물인 것처럼 종이컵에 따라 마셨다. 고단하고 팍팍한 삶을 잠시나마 그 말간 술에 적시기라도 하듯이 우리는 서로에게 잔을 건네며 눈시울이 붉어지는 것을 어쩔 수 없었다.

이따금 종합병원 근처를 지날 때면 나도 모르게 불 켜진 창문들을 한참 올려다본다. 저 불빛 중 하나로 위태롭게 깜박이던 때가 있었지. 그때 함께 있었던 아이들과 엄마들도 잘 있겠지. 어두운 거리에서 불 켜진 창을 바라보는 일이 쓸쓸한 노릇만은 아니라고 생각하면서, 그 불빛들을 향해 두 손을 가만히 뻗어보기도 한다.

◇

가장자리 쪽으로

.

"온기는 느껴지는데, 촛불이 안 보여. 촛불이……." 식탁 쪽에서 이런 탄식이 들려왔다. 엄마는 시력이 남아 있는 왼쪽 눈을 손으로 가린 채 오른쪽 눈의 시야를 가늠해보고 계셨다. 병원에 다녀와 힘들어하는 엄마의 마음을 한구석이라도 밝혀보려고 켜둔 촛불이었다. 그런 촛불이 오히려 엄마에게는 오른쪽 눈이 완벽한 실명 상태에 이르렀음을 확인하는 매개체가 되어버린 것이다.

몇 년째 녹내장으로 고생하신 엄마는 두 차례의 수술에도 불구하고 오른쪽 시력을 잃으셨다. 그런데 최근엔 왼쪽 눈마저 자꾸 흐려지고 안압이 올라갔다. 눈도 눈이지만,

.

실명에 대한 불안과 늙어가는 것에 대한 우울감 때문에 심리치료를 고민해야 할 정도였다. 이건 질병이라기보다는 노화현상에 가깝다고, 그렇게 받아들여야 남은 생을 잘 사실 수 있다고 누누이 말씀드렸지만, 가라앉는 배처럼 위태로운 엄마의 마음을 일으켜세우기가 쉽지 않았다.

그런 모습을 곁에서 지켜보며 늙어가는 일에 대해 생각하는 일이 잦아졌다. 팔순을 넘기신 엄마를 제대로 이해하고 돕기 위해 짬짬이 몇 권의 책을 읽기도 했다. 파커 J. 파머의 《모든 것의 가장자리에서》, 장 아메리의 《늙어감에 대하여》, 마사 누스바움과 솔 레브모어의 《지혜롭게 나이 든다는 것》 등을 밑줄 그으며 열심히 읽었다.

처음엔 시력이 약해진 엄마께 밑줄 그은 대목이라도 읽어드리기 위해서였지만, 읽어갈수록 중년의 나에게도 참 필요한 내용들이다. 나이듦과 우정, 나이 들어가는 몸을 어떻게 대할 것인가, 무엇을 남길 것인가, 적절한 은퇴 시기, 중년 이후의 사랑, 노년의 빈곤과 불평등, 타인의 시선, 죽어가며 살아가기 등에 대해 거장들이 들려주는 지혜는 의외로 소박했다.

특히, 파커 J. 파머의 《모든 것의 가장자리에서》를 읽으면서 '가장자리'라는 말을 새삼 음미하게 된다. "나는 매일 모든 것의 끝자락에 가까이 다가간다"는 문장으로 시작되는 이 책은 늙음이라는 기나긴 내리막길을 걸어가는 법을 경쾌하게 들려준다. 그는 노화라는 중력에 맞서 싸우기보다는 자연스러운 현상으로 받아들이며 늙음의 협력자가 되라고 권유한다. "우리는 죽음에 관해서 아무것도 선택할 수 없다. 그러나 불가피한 것을 어떻게 끌어안을 수 있을지는 선택할 수 있다." 이 말처럼, 선택의 가능성은 아직 열려 있다.

그는 세계의 중심에서 벗어난 가장자리야말로 가장 자유롭고 현명한 시야를 확보할 수 있는 자리라고 말한다. 그리고 완전한 삶보다는 온전한 삶을 꿈꾸기에, 또는 부서진 삶을 끌어안기에 가장자리만큼 좋은 자리는 없다고. 자, 오늘도 가장자리 쪽으로 한 걸음!

◇

무위당无爲堂 생각

　대학시절 동학이나 민중신학에 관한 공부를 하며 〈생명〉이란 제호의 작은 팸플릿을 만들던 모임이 있었다. 마르크시즘에 기반을 둔 학생운동이 한창이던 1980년대 중반에 여기 모인 사람들은 이데올로기적인 투쟁과는 무언가 다른 시대적 대안을 찾고자 했다. 생명문화운동의 싹을 틔워보려고 했던 선후배들은 결국 도농직거래 조직인 '한살림' 창립에 참여했고 지금까지 그 일을 열심히 주도하고 있다.

　그러나 학생운동과 생명운동과 문학이라는 세 개의 꼭짓점 사이에서 갈등과 고민이 많았던 나는 이 모임에 대해 긍정과 회의를 동시에 느꼈다. 운동과 문학 어느 쪽에도 전적인 투신을 하지 못한 채 시쓰기를 통해서나마 반성적 고백을 이어나가던 시절이었다. 〈생명〉 모임의 선배들은 이따금 장일순 선생님을 뵈러 원주에 다녀오곤 했는데, 함께 가자는 권유를 몇 번 받았지만 나는 한 번도 따라나서지 못했다.

장일순 선생님은 '무위당无爲堂'이라는 호처럼 '하는 일이 없이 모든 일을 하는 분'이라 했다. 원주에서 은거하며 진보 진영의 정신적 스승으로 존경받던 그분은 온화하고 소탈한 성품이지만 사람의 심중을 꿰뚫어보는 혜안을 지녔다고 들었다. 그런 어르신에 대한 경외감과 호기심이 있었지만, 그 앞에 설 만한 자신감이 내게는 없었다. 나중에 그의 목소리를 책으로나마 접하게 된 것은 《무위당 장일순의 노자 이야기》와 《나락 한 알 속의 우주》를 통해서였다.

장일순 선생님이 세상을 떠나신 지 25주년을 맞아 《장일순 평전》이 출간되었다. 독립운동가들과 민주화운동에 헌신한 분들의 수많은 평전을 집필해 온 김삼웅 선생님이 '무위당사람들'의 감수를 받아 펴낸 첫 평전이다. 이 책 덕분에 우리는 풍문으로만 듣던 무위당의 생애를 좀더 객관적이고 총체적으로 조감할 수 있게 되었다. 그리고 다양한 자료사진들과 대표적인 시서화 작품 50여 점도 함께 실려 있어서 그의 사상과 미학을 풍부하게 음미할 수 있다. 국대안 파동, 중립화 평화통일론, 혁신정당 후보, 신용협동조합운동, 반독재 투쟁, 카톨릭농민회, 노동운동, 한살림 창립, 서예가 등 그의 청년기부터 말년에 이르는 궤적은 너무 폭넓어서 한두 가지 말로 정리하기가 불가능하다. 그의 사상적 전회 또한 논리만으로는 설명하기 어려운 맥락들이 있어서 적지 않은 오해와 비난을 받아야 했던 시기도 있었다.

그러나 신자유주의와 환경오염으로 인해 전 지구가 파국으로 치닫고 있는 이때에 무위당의 문명에 대한 선견지명과 생명에 대한 감수성은 오히려 빛을 발한다. 《장일순 평전》의 저자는 '무위당'을 미국의 '소로'에 견주면서 "시대를 내다보는 깊고 예리한 통찰력으로 민중(민족)의 앞길을 제시하고, 시대마다 자신에게 맡겨진 역할을 찾았고, 소임을 마다하지 않았으며, 늘 소외되고 핍박받는 민초들과 함께했다"고 그의 삶을 평가했다. 사십여 년간 다양한 운동을 주도하면서도 무위당은 지도자처럼 행세하지 않았고 어떤 관직도 맡은 바 없다. 그 겸양과 공경의 태도는 스스로를 일속자—粟子, 곧 '한 알의 작은 좁쌀'이라고 불렀던 데서도 잘 드러난다. 책 한 권 남기지 않았지만 수많은 후학들이 그의 가르침을 잊지 못하는 것은 이러한 인격적 감화력 덕분일 것이다.

《무위당 장일순의 노자 이야기》는 이현주 목사님이 장일순 선생님과 노자의 《도덕경》에 대해 나눈 대화를 정리한 책이다. 그런데 사제 간의 대화는 끝까지 이어지지 못했고, 책의 후반부는 스승이 돌아가신 뒤에 쓰여졌다. 어느 날 이현주 목사님을 우연히 뵙게 되어 어떻게 선생님도 안 계신데 그 책을 완성할 수 있었는지 여쭈어보았다. 눈을 감고 가만히 앉아 질문을 던지면 마음 속에서 스승의 말씀이 들려왔다고 하셨다. 삶과 죽음을 넘어선 대화란 얼마나 깊은 이해와 사랑을 통해 가능한 것일까. 나 역시 무위당과의 뒤늦은 대화를 이어가기 위해 그 삶과 죽음 사이에 가로놓인 침묵의 행간을 헤아려본다.

◇

아름다운 농부에 대한 기억

대학 시절 공동체운동에 관심이 많아 방학이면 이런저런 공동체들을 찾아다니곤 했다. 보육원에서 성장기를 보내서인지 핵가족보다는 집단적인 공동생활에 오히려 편안함을 느끼는 편이었다. 각지에서 모여든 낯선 사람들과 함께 땀 흘려 일하고 간소한 식탁에 마주 앉으면 이내 피붙이처럼 친근해졌다. 1980년대의 역사적 격변을 경험하면서 느낀 절망감도 새로운 삶의 방식에 대한 갈망을 부추겼을 것이다.

의정부 근교에 있던 풀무원공동체에 간 것은 대학교 2학년 여름이었다. 요즘에는 '풀무원'이 대기업으로 성장해 유기농 식품회사의 대명사처럼 되었지만, 그 시절에는 농장 규모도 크지 않았고 공동체적인 분위기가 오롯하게 남아 있었다. 그 공동체에서 원경선 선생님을 만났다. 거기 머무는 동안 그분으로부터 받은 강렬한 인상과 교훈은 아직도 생생하다.

원경선 선생님을 생각하면 무엇보다도 밭에서 사람들과 더불어 일하며 작업복 차림으로 환하게 웃으시던 모습이 떠오른다. 그분은 여든을 훨씬 넘긴 연세에도 매일 여덟 시간 이상의 노동을 하루도 거르지 않았다고 한다. 정말 타고난 농부라는 생각이 들었다. 노동의 참다운 기쁨을 모르고서야 어떻게 평생을 한결같이 일할 수 있었겠는가.

또한 새벽 기도회에서 나지막하지만 힘있게 울리던 그분의 음성이 떠오른다. 자연의 섭리에 바탕을 둔 농부로서, 세속적인 욕망을 깨끗하게 비운 야인으로서, 우리에게 전해주던 말씀은 간명하면서도 깊은 깨달음을 담고 있었다. "내 평생의 직업은 오로지 전도하는 농부"라는 말씀은 그 어떤 표현보다도 그분의 삶을 잘 요약해주는 듯하다.

당시 풀무원농장은 일체의 화학비료나 제초제를 쓰지 않아 토양이 매우 비옥했다. 하루는 밭에서 감자 수확하는 일을 도왔다. 소가 쟁기로 고랑을 뒤집고 지나가면 희디흰 감

자알들이 덩굴째 드러났다. 둥근 감자들을 캐서 바구니에 거두어들이는 재미가 쏠쏠했다. 흙을 갈아엎는 순간 코끝에 훅 끼쳐오는 흙냄새. 그 냄새와 감촉에 취해 나는 지렁이들이 꿈틀거리는 흙 위를 맨발로 뛰어다녔다. 어린아이처럼 뛰노는 내 모습을 선생님은 빙그레 웃으며 바라보셨다.

소로의 《월든》을 보면, 장마로 생겨난 물웅덩이에 발을 첨벙 담그는 순간 물속에서 개구리 떼가 일제히 울면서 뛰어오르는 장면이 나온다. 그때 소로는 온몸이 감전된 것 같은 희열을 느꼈다고 말한다. 내가 그런 원초적인 환희와 생명감을 느낀 것은 스무 살 때 풀무원의 향기로운 흙 위에서였다. 내가 그동안 써온 적지 않은 시들의 뿌리 역시 그 흙에 젖줄을 대고 있을 것이다.

1980년대는 식량증산정책에 따라 화학비료의 사용이 극에 달하던 시기였다. 그런데 1970년대부터 이미 원경선 선생님은 유기농법을 통해 자연과 인간이 공존을 이루는 길을 모색하셨다. 풀무원공동체에서 또 하나 배운 것이 있다면, 더불어 사는 마음이다. 그 당시에는 사유재산 없이 공동체 구성원 전체가 평등하게 모든 일을 의논하고 분담해나갔다.

이런 미덕들이 오늘날까지 고스란히 유지되기를 바라는 것은 환상에 불과할지 모른다. 그 아름다운 공동체를 마음의 고향처럼 지닌 채 다시 찾아가지 못한 이유도 그 환상이 깨질까봐 두려워서인 것 같다. '풀무원'이라는 상표를 보면 반가우면서도 한편으로 씁쓸해지는 것은 그것이 산업화의 물결 앞에 놓인 공동체의 운명과 무관하지 않기 때문이다.

하지만 그렇다고 해서 그 공동체를 처음 일군 한 농부의 빛이 희미해지는 것은 아니다. 원경선 선생님의 인터뷰 기사를 우연히 보았는데, 고령에도 하루 여덟 시간씩 굴착기를 타고 농장 주변의 도랑을 치신다고 한다. 아흔 살이 넘은 현역 농부로서 그분이 들려주는 건강의 비결은 유기농 농산물과 거친 음식을 먹으며 베풀고 봉사하는 삶을 사는 것이다.

어떤 말이나 행동보다 정직한 땀이야말로 세상을 바꾸고 치유하는 힘이라는 것을 온 생애를 통해 보여주신 아름다운 농부. 이 봄날, 더운 김이 오르는 밭둑에 앉아서 그분의 말씀을 다시 들을 수 있다면 얼마나 좋을까.

◇

산양의 젖을 남겨두는 마음

　홍천에서 길벗농장을 운영하는 농부 길종갑. 그는 내가
아는 사람 중에 가장 지혜롭고 넉넉한 마음을 지닌 농부
다. 대학 시절 교육학을 공부하며 시를 썼던 선배가 대기
업을 그만두고 홍천에 터를 잡아 농사를 짓기 시작한 것도
벌써 이십 년 전 일이다. 처음엔 농촌에 정착하는 것도 낯
선 농사일을 하는 것도 힘들었지만, 이제는 마을의 큰 일
꾼이자 베테랑 농부가 되었다. 그가 정성껏 키운 사과와
직접 만든 사과식초, 닭들을 방목해 얻은 유정란 등은 그
맛과 향이 일품이다.
　그는 일하다 짬이 나면 농촌의 일상을 페이스북에 올리

곤 하는데, 얼마 전에는 농장에서 기르던 산양 '여울이'가 새끼를 두 마리나 낳았다고 한다. 작년 5월에 산양 암수를 데려올 때는 산양유를 짜서 먹거나 치즈를 만들어볼 심산이었다. 그런데 막상 새끼를 낳고 나니 새끼들에게 어미의 젖을 끝까지 다 먹도록 해주어야겠다는 생각이 들었다는 것이다. 한번 젖을 짜기 시작하면 매일 젖을 짜주어야 한다는 부담도 없지는 않지만, 젖을 포기하고 그저 산양을 기르는 것만으로 만족하기로 했다는 말에 고개가 절로 숙여졌다.

옛부터 농가의 가축은 농사를 돕는 동료이거나 함께 사는 식구와 다를 바 없었다. 하지만 농업마저 기계화되고 대량화되면서 가축은 쓸모 없어지거나 상품을 위한 사육의 대상이 되어버렸다. 모든 노동과 수고를 경제적 가치로 환산하는 자본주의의 운산법으로 보면, 그가 산양을 기르는 일은 어리석거나 한가한 노릇처럼 보이기도 한다. 그가 가축을 기르는 일은 단순히 고기와 젖과 달걀 등의 부산물을 얻는 행위에 그치지 않는다. 돼지는 똘이와 또순이, 산양은 무뿔이와 여울이. 그가 키우는 가축들은 모두 이름을 가지고 있다. 새로 태어난 새끼는 털이 곱슬거려 꼽슬이라고 지었다고 한다. 그는 이렇게 가축들과 아침저녁 눈을 맞추고 이름을 부르며 교감을 나누는 것이 노동의 피로를 씻어주고 정서적 안정감을 준다고 했다.

신선한 볏짚 위에 누운 어미 산양과 그 곁을 떠나지 않는 새끼들을 보니, 세상에 저만한 평화가 또 있을까 싶다. 꽃샘추위에 밤을 따뜻하게 나게 해주려고 안 쓰던 개집에 전등을 달아주고 볏짚을 넉넉히 넣어주는 마음. 산양유를 짜서 사람이 취하지 않고 새끼들을 위해 오롯이 남겨두는 마음. 모두가 이익과 효율만 추구하는 시대에 그런 마음의 자리가 남아 있다는 게 고맙기만 하다.

◇

나는 이 시장을 사랑합니다

멕시코시티의 시장 구석에 나이든 인디언이 양파 스무 줄을 매달아놓고 앉아 있었다. 시카고에서 온 미국인이 그에게 양파 한 줄에 얼마냐고 묻자, 그는 십 센트라고 대답했다. 그럼 양파 스무 줄을 전부 사면 얼마나 싸게 줄 수 있느냐고 흥정을 붙였다. 하지만 인디언 노인은 그에게 스무 줄 전부를 팔 수는 없다고 말했다. 미국인이 물건을 손쉽게 팔 수 있는 기회를 굳이 마다하는 이유를 묻자, 인디언은 이렇게 대답했다.

나는 내 삶을 살려고 여기에 있습니다. 나는 이 시장을 사랑합니다. 나는 수많은 사람들과 붉은 서라피를 좋아합니다. 나는 햇빛과 바람에 흔들리는 종려나무를 사랑합니다. 나는 페드로와 루이스가 와서 '부에노스 디아스'라고 인사하며 함께 담배를 태우고, 아이들과 곡물에 관해 얘기 나누는 일을 좋아합니다. 나는 친구들을 만나는 것을 좋아합니다. 이런 것들이 내 삶입니다. 그것을 위해 나는 종일 여기 앉아서 스무 줄의 양파를 팝니다. 그러나 내가 내 모든 양파를 한 손님에게 다 팔아버린다면, 내 하루는 끝이 납니다. 그럼 나는 내가 사랑하는 것들을 다 잃게 되지요. 그러니 그런 일은 안 할 것입니다.

시튼이 편집한 《인디언의 복음》에서 읽은 양파장수 이야기다. 만일 요즘 이렇게 장사를 하는 사람이 있다면 그는 어떻게 될까. 아마 굶어 죽기 십상일 것이다. 시간조차 돈으로 환산되는 오늘의 시장 원리에 비추어보면 단번에 떨이할 기회를 놓친 인디언 노인은 어리석게 보일 것이다. 하지만 노인에게 양파를 파는 일이란 이윤을 남기기 위한 것이 아니라 평화로운 시장에서 친구들을 만날 수 있는 소중한 매개 행위라고 할 수 있다. 물건을 사고파는 행위를 통해 나누는 인간적 교감이야말로 그가 종일 시장에 앉아 얻을 수 있는 가장 큰 이유이다.

요즘도 재래시장에 가면 이 인디언 노인과 비슷한 표정과 말씨를 지닌 사람들을 만날 수 있다. 어느 나라를 가더라도 시장이란 공간은 비슷비슷해서 삶의 온기와 활기가 느껴진다. 상품을 매개로 사람과 사람 사이의 관계가 생겨나는 곳. 나지막한 대화와 시끌시끌한 아우성이 들려오고, 생선 비린내와 돼지고기 삶는 냄새와 과일 향기가 뒤섞여 풍겨나오는 곳. 천 원짜리 몇 장으로 금세 먹거리를 사서 쥐어들 수 있는 곳. 그래서 시장에 갈 때마다 나는 눈과 귀와 코와 입을 활짝 열어놓는다.

광주에 살면서 한 주에 두어 번 남광주시장을 찾는다. 장을 보는 동안 구경 나온 어린애마냥 신기하게 두리번거리다 보면 시들해진 마음도 다시 살아나는 것 같다. 시장에는 모든 게 펄쩍펄쩍 살아 있어서, 그 활기가 몸과 마음을 어느새 회복시켜준다. 과일가게에서 무화과나 석류를 떨이해오기도 하고, 전을 부쳐파는 집에 서서 천 원에 네 장 하는 수수부꾸미로 저녁을 때우기도 한다. 또, 고무 대야 속에서 거품을 뿜고 있는 낙지나 힘센 집게발을 지닌 꽃게 몇 마리를 사들고 돌아오는 길이면 두 손에 한아름 바다가 출렁거리는 기분이다.

이처럼 싱싱한 물건을 싸게 살 수 있다는 것 말고도 사람 사는 풍경과 분위기를 느낄 수 있다는 것이 재래시장의 매력이다. 평생 시장에서 잔뼈가 굵은 상인들과 나누는 몇 마디 말과 그들의 거친 손등, 질척거리는 시장 바닥의 비린내와 거기 비치는 불빛. 그렇게 시장 사람들의 땀냄새와 기름냄새를 맡으며 걷다보면 객지생활의 외로움도 한결 가벼워진다. 그러고보면 내가 시장에 가는 이유 역시 양파를 파는 인디언 노인과 다르지 않다.

이따금 새벽녘에 나가면 할머니들이 밭에서 갓 뽑아 온 채소들을 광주리에 담아 팔고 있다. 나는 이슬에 젖은 채소를 사며 할머니들께 그 채소의 생장 과정이나 특징, 요리법 등을 꼬치꼬치 여쭈어본다. 책에서 배울 수 없는 생활의 지혜를 늘 덤으로 얻는 셈이다. 먹거리에 대한 상식이나 전라도식 요리법도 그렇게 터득했다.

흙냄새 물씬 풍기는 시장 채소에 비하면 대형 할인점이나 백화점에 진열된 채소는 공산품에 가깝다는 생각이 든다. 시장 물건보다 훨씬 깨끗하고 손질이나 포장도 잘 되어 있지만, 대형 매장에서는 가격표를 보고 쇼핑 카트에 말없이 던져넣을 뿐이다. 그러고는 한시라도 빨리 카트를 채워서 인파를 뚫고 빠져나갈 생각만 한다. 그 거대하고 비인간적인 시장에서는 대화의 즐거움도 경험의 전수도 찾아보기 어렵다.

남도에서 살면서 사랑하게 된 이웃들을 떠올리자니 문득 남광주시장 단골집 주인들의 얼굴이 차례로 지나간다. 서로 이름은 몰라도 며칠 안 보이면 궁금해하고 눈빛만 보면 무얼 찾는지 알고 내주는 사람들. 시장과 시장 사람들에 대한 그 친숙한 감정을 사랑이라고 말하지 않을 수 없다. '나는 이 시장을 사랑합니다'라고 말했던 인디언 노인처럼.

◇

타인의 냄새

　여름날 대중교통을 이용할 때 가장 힘든 것은 타인의 냄새다. 비라도 내린 뒤에는 땀과 비와 체취가 뒤섞여 이루 형언할 수 없는 냄새가 나기도 한다. 지하철이면 다른 칸으로 이동할 수 있지만 밀폐된 버스나 택시에서는 참고 가는 수밖에 없다. 그럴 때는 타인의 냄새가 그 존재 자체를 견딜 수 없게 만들어버린다.

　후각은 오감 중에서 가장 수동적인 감각이다. 눈은 감을 수 있고, 입은 다물 수 있고, 귀는 막을 수 있고, 손은 뗄 수 있지만, 코는 차단하기가 어렵다. 코는 호흡과 후각을 함께 담당하기에 숨을 멈추지 않는 한 냄새로부터 자유로울 수 없다.

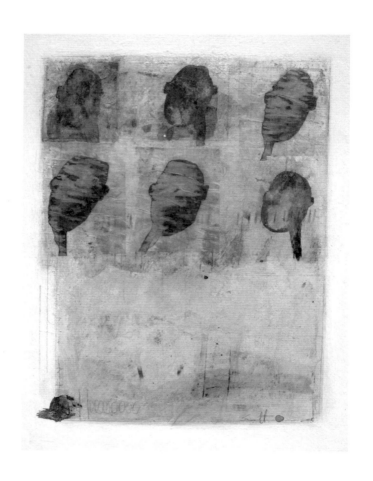

다이앤 애커먼이 쓴 《감각의 박물학》에 따르면, "인간은 매일 약 2만 3040회 호흡하고, 12입방미터의 공기를 마셨다가 내뱉는다. 한 번의 호흡에는 약 5초가 걸리고, 그때 냄새 분자들이 몸속으로 들어온다." 인간이 직립보행을 하면서 후각이 현저하게 약화되었다고는 하지만, 예민한 사람은 만 가지 이상의 냄새를 구별할 수 있다고 한다. 우리의 코는 그야말로 매순간 갖가지 냄새의 습격에 무방비로 노출되어 있는 것이다.

냄새에 대한 반응 역시 가장 즉각적이다. 불쾌한 냄새가 나면 자기도 모르게 얼굴을 찌푸리거나 코를 틀어막고 '이게 무슨 냄새지?' 하며 두리번거린다. 냄새는 어떤 소리도 없이 퍼져가는 침묵의 자극이자, 어떤 모습도 드러내지 않는 투명의 자극이기 때문이다. 그런데 정체불명의 냄새에 대한 무의식적인 반응이 누군가에게는, 특히 그 냄새의 출처가 된 사람에게는 치명적인 모욕감을 줄 수 있다.

영화 〈기생충〉에서 냄새는 계층 간의 위계를 극명하게 보여주는 기호로 등장한다. 박 사장 가족은 자신의 집에 드나들기 시작한 외부인들에 대해 독특한 냄새를 감지한다. 결국 기택은 자신의 냄새에 대한 박 사장의 태도에 순간 살인을 저지르고 만다. 그 장면을 본 후로 냄새와 계층의 관계를 자주 떠올리게 된다. 타인의 냄새에 반응하는 태도도 신중해졌다.

며칠 전 비가 쏟아지는 날 택시를 탔는데 택시 안에서 형언할 수 없는 냄새가 났다. 무심코 "무슨 냄새가 나는 것 같은데……"라는 말이 흘러나왔지만, 얼른 입을 다물었다. 승객마다 이런 말을 던졌다면 그 택시 기사는 어떤 기분이 들까 싶어서였다. 입도 창문도 열지 못하고 한 시간 가까이 냄새의 감옥에 앉아 있었던 것은 운전대를 잡은 사람을 자극하고 싶지 않아서만은 아니었다. 타인의 냄새를 견디는 일에도 어떤 훈련이 필요하다는 생각 때문이었다.

◇

당신을 알기 전에는

자카리아 무함마드 씨!

당신을 알기 전에는 팔레스타인, 레바논, 이라크, 이런 지역이 나오는 아무런 상관없는 아주 먼 곳이라 여겨왔습니다. 그곳을 오래도록 괴롭혀온 분쟁과 폭력 또한 내가 잠들거나 수저를 드는 일을 머뭇거리게 하지는 않았습니다. 그러나 당신이 한국에 와서 저희 대학에서 강연을 하게 된 후로 팔레스타인은 더이상 저와 무관하지 않은 공간이 되었습니다. 이제 신문을 보다가 그곳에 관한 기사를 읽으면 마치 제 일처럼 안타깝고 마음이 아파옵니다. 두어 번 만난 외국 작가와의 인연이 그 공간적 거리를 한순간에 무화시킬 수 있다는 사실에 저도 놀랐습니다.

당신이 들려준 강연은 지금도 생생하게 기억에 남아 있습니다. 당신이 떠나고 나서도 폐허로 변해버린 그곳과 당신의 삶을 자주 그려봅니다. 당신은 자신의 삶을 이렇게 설명했지요. 인생의 삼분의 일은 팔레스타인 사람들이 아직 존재하고 있다는 것을 증명하기 위해 데모하는 데 바치고, 인생의 삼분의 일은 이스라엘 군인들이 지키는 수많은 초소 앞에서 기다리는 데 바치고, 나머지 인생의 삼분의 일만이 작가로서 자신에게 허락된 시간이라고 말이지요. 그 말을 들으면서 한국의 시인들은 얼마나 자유와 여유를 누리고 있는지 깨달았습니다. 그러면서도 당신의 글처럼 사람을 움직이는 글을 쓰지 못했다는 자책이 일었습니다. 신호등 앞에서 불과 몇 분을 기다리지 못하는 제 자신을 보며 인생의 삼분의 이를 길 위에서 보내고 있을 당신을 떠올립니다.

자카리아 무함마드 씨!
당신을 알기 전에는 제가 기독교인이라는 사실을 부끄러워해본 적이 없습니다. 그런데 당신의 말과 행동에서 자연스럽게 묻어나는 깊은 종교성은 저의 종교와 종교성을 돌아보게 만들었습니다. 그리고 이슬람교에 대해 제가 가지고 있던 편견을 내려놓을 수 있었습니다.

강연을 마치고 우리 일행은 당신과 함께 전라도에 있는 작은 산사에 갔었지요. 도시의 쾌적한 숙소를 마다하고 당신이 한국의 사원을 보고 싶어했기 때문이지요. 섬진강을 따라가는 동안 당신은 한국에서의 며칠이 꿈 같은 시간이라고 말했던 걸 기억합니다. 남도의 소박하고 고즈넉한 풍경을 바라보면서 어쩌면 당신은 당신이 돌아갈, 피로 얼룩진 산천을 떠올리고 있었는지도 모르겠습니다.

그날 우리는 섬진강변의 식당에서 서로의 종교에 대해 잘 통하지 않는 언어로나마 대화를 나누었지요. 저는 기독교인으로서 이슬람교도인 당신께 진심 어린 사과를 했습니다. 그리고 미국과 이스라엘이 기독교를 내세워 벌이는 살육이 진정한 기독교의 정신에 어긋난다는 해명도 했습니다. 그런 저를 당신이 팔을 활짝 벌려 안아줄 때, 그 관용이 당신의 종교성에서 우러나온다는 느낌이 들었습니다. 당신 안의 신이 제 안의 신에게 인사를 건네는 것 같았습니다.

자카리아 무함마드 씨!

당신을 알기 전에는 '평화'라는 말이 막연한 추상명사처럼 들릴 때가 많았습니다. 그리고 작가로서 평화를 위해 발언하고 실천하는 일을 어떻게 해나가야 할지 잘 몰랐습니다. 그런 저에게 당신의 시와 산문은 평화를 말하는 문학적 태도와 구체적인 방법을 가르쳐 주었습니다. '선인장'의 꽃이 팔레스타인 사람에게 인내와 기다림의 상징이라는 것도, '라마'가 전쟁터에서 끝까지 자신의 평화적 본성을 지키는 동물이라는 것도, 앞을 향해 달리면서도 뒤를 돌아보는 '타조'가 전통과 현대를 아우르는 지혜를 상징한다는 것도 당신의 글을 통해 알게 되었습니다. 우리가 서로 다른 언어로 글을 쓰면서도 그 상징들을 문학이라는 울타리 안에서 공유할 수 있다는 것이 얼마나 다행인지요. 언젠가 당신이 저의 글에서도 또다른 평화의 상징을 발견하고 공감하게 되기를 바랍니다.

자카리아 무함마드 씨!

이스라엘의 레바논 침공 직후 쓰인 당신의 글에서 자신이 인간으로 태어난 것을 저주한다는 구절을 읽은 적이 있습니다. 살육의 현장에서 느끼는 분노와 참담함의 표현이었겠지만, 부디 저 무자비한 폭력이 당신의 온화한 미소와 인간에 대한 신뢰까지 빼앗아가지 않기를 바랍니다. 당신이야말로 그 척박한 고난의 땅에 피어난 선인장의 꽃이요, 순한 눈빛을 지닌 라마요, 앞과 뒤를 함께 돌아보며 달리는 타조이기 때문입니다.

◇

스스로 멈출 수 있는 힘

2003년 7월 25일 헬리콥터에 매달린 피아노 한 대가 알프스의 호수 속으로 던져졌다. 그것은 운반 사고가 아니라 프랑스의 피아니스트 프랑수아 르네 뒤샤블François-René Duchâble이 오십일 세의 나이로 은퇴를 선언하는 퍼포먼스였다. 그것도 모자라서 뒤샤블은 며칠 후 자신이 늘 입고 다니던 연미복을 불태우기도 했다.

이 기괴한 은퇴 선언을 두고 당시 의견이 분분했다. 뒤샤블은 이 행위를 피아노에게 베푸는 '세례'라고 하면서, 자신의 불순함을 씻어낼 일종의 의식이 필요했다고 설명했다. 그러면서 은퇴한 뒤에는 상업적인 연주를 그만두고

·

자전거에 키보드를 싣고 어린이와 병자, 죄수 등을 찾아다니면서 연주를 하겠다고 밝혔다. 소수의 클래식 애호가들을 위해 돈을 받고 연주하는 게 아니라, 인생의 남은 기간을 자신의 예술적 요구에 충실하게 살면서 음악 자체를 순수하게 나누고 싶다는 것이다.

그럼에도 불구하고 세상의 이목이란 그리 너그러운 게 아니어서, 뒤샤블의 은퇴 퍼포먼스는 새로운 음반을 홍보하기 위한 전략이라는 비난을 받기도 했다. 얼마 전 귄터 그라스가 나치 친위대에 복무했던 사실을 뒤늦게 고백하면서 자서전을 펴내자, 책을 팔기 위한 상술이나 위선적 행위라는 비난이 쏟아졌던 것과 비슷하다. 또한 자신이 직접 연주하던 피아노 대신 고물 피아노를 수장시킨 것도 비난의 이유가 되었다. 심지어 환경오염을 운운하는 사람들도 있었다. 이처럼 가장 탈속적인 행위가 때로는 가장 세속적인 행위로 해석되기도 한다.

하지만 뒤샤블이 평소 자유를 추구하는 은둔형 예술가였다는 점을 생각하면 이러한 비난이나 억측은 지나치다는 느낌이 든다. 음악을 거래의 도구로 삼는 일을 중지하는 행위로서 그 정도의 퍼포먼스는 신선하게 받아들일 수 있는 일 아닌가. 사실 부와 명예를 얻은 연주자가 오십 대 초반에 공식적인 무대 뒤로 스스로 사라진다는 것은 그리 쉬운 선택이 아니다. 그는 아마도 자연인으로 돌아가 '직업'으로서의 음악이 아니라 '삶'으로서 음악을 누리고 싶었던 것이리라. 그런 점에서 뒤샤블의 은퇴 선언은 연주의 중단이 아니라 진정한 연주를 향한 출범식이라고 보아도 좋을 것이다.

우리 시대의 실천적 지성을 대표해온 리영희 선생님이 일체의 지적 활동을 마감하겠다고 밝힌 인터뷰 기사를 읽었을 때, 올곧은 목소리로 현실의 부조리를 질타하던 그분의 글을 접할 수 없게 된 것은 서운한 일이지만 그런 선택이야말로 리영희 선생님의 정신이 아직 젊다는 것을 반증한다고 느꼈다. 선생은 은퇴를 선언하면서 "자기가 할 수 있는 한계를 깨달을 때 이성적 인간이라 할 수 있고, 마치 자기가 영원히 선두에 서서 깨우침을 줄 수 있다고 착각하는 것은 오만"이라고 말했다.

하지만 실제로 자신의 한계 지점을 정확하게 알고 그것을 겸허하게 받아들이는 사람은 정말 드물다. 나이가 들수록 자기확신이 강해지는 반면 반성적 기제는 약해지기 쉽고, 그만큼 독단에 빠질 위험도 높아지기 마련이다. 그렇기에 스스로 멈출 수 있는 힘은 아무에게나 주어지는 게 아니다. 그 힘은 선생이 온몸으로 한국 현대사를 헤치고 오면서도 스스로 신화적 존재나 우상이 되는 것을 거부해 온 역정 속에서 나온 것이다.

　대학 은사의 퇴임식에서 들었던 말씀이 문득 떠오른다. 정현종 선생님의 퇴임사는 시인의 마지막 인사답게 담박하고 여운이 있었다. 선생은 십여 분 정도 말씀을 이어가다가 갑자기 "자, 그만합시다. 실은 세상의 모든 말은 하다가 마는 겁니다"라고 끝을 맺으셨다. 그 중단된 말에 깃들어 있는 침묵이 오히려 참으로 많은 것을 생각하게 해주었다. 하다 만 말, 피우다 만 꽃, 타오르다 만 사랑, 듣다가 만 음악……. 세상의 아름다움은 그렇게 못다 채워진 존재들 속에 고스란히 남아 있는 게 아닐까. 선생이 가르치다 만 제자로서 나는 스승의 하다 만 말을 지금도 되새김질하고 있다.

◇

뒤주와 굴뚝

구례에 가면 운조루라는 옛 부잣집 사랑채가 있다. 지금은 입장료를 받아 집을 유지해가고 있지만, 한때는 아흔아홉 칸에 달하는 부잣집으로 인심 좋기로 소문난 집안이었다. 운조루를 둘러보며 가장 먼저 눈에 들어온 것은 통나무를 깎아서 만든 뒤주였다. 쌀이 두 말 반 정도 들어갈 수 있을 정도로 큰 뒤주는 이백 년 넘는 세월에도 소박한 아름다움을 잃어버리지 않았다.

뒤주 아래에는 쌀을 꺼낼 수 있는 조그마한 문이 있고 문 위에는 '타인능해他人能解'라고 씌어 있다. 누구든지 배고픈 사람은 뒤주를 열고 쌀을 꺼내갈 수 있다는 뜻이다.

143

집주인은 그 뒤주를 사람들이 많이 드나드는 행랑채 마당에 두고 늘 쌀이 떨어지지 않게 채워두었다고 한다. 가난한 이웃들이 주인의 눈치를 보지 않고 언제라도 쌀을 퍼갈 수 있도록 한 배려였다. 다른 것보다 그 뒤주에 쌀이 떨어지면 며느리들에게 불호령이 떨어졌다고 하니 그 집의 넉넉한 가풍을 짐작할 만하다.

운조루를 돌아보며 인상적이었던 다른 하나는 유난히 낮은 굴뚝이다. 굴뚝이란 원래 높아야 연기가 잘 빠지는 법인데, 밥을 굶고 있는 사람들이 멀리서 밥 짓는 연기를 보고 자신의 신세를 처량하게 느낄까봐 굴뚝을 낮게 세웠다는 것이다. 물질적으로만 도운 것이 아니라, 자신의 부유함을 드러내지 않고 타인을 측은히 여기는 마음까지 가졌다니 그야말로 진정한 부자가 아닌가. 그런 후한 인심 덕분에 여순반란사건이나 6·25 전쟁 등을 겪으면서도 운조루는 불에 타거나 해를 입지 않고 오늘까지 그 고즈넉한 모습을 지킬 수 있었을 것이다.

전라도에 운조루가 있다면, 경상도에는 경주 최부잣집이 있다. 예전에 그 집을 돌아볼 기회가 있었는데, 운조루 못지 않은 규모와 위엄을 지닌 고가古家였다. 사랑채는 불에 타고 없지만, 남아 있는 주춧돌만 보아도 꽤 큰 집이었으리라 짐작된다. 운조루가 구름 속을 나는 새의 형상을 지닌 명당 자리였듯이, 최부잣집의 뒤란 역시 계림이나 경주 향교와 연결되어 있고 아름드리나무들로 둘러싸여 있었다. 우리 전통 가옥의 아름다움은 집 자체보다 주변 경관과 얼마나 조화를 이루느냐에 달려 있다는 것을 새삼 느낄 수 있었다.

그런데 최부잣집에 관한 자료를 읽어보니, 그 집안 역시 삼백 년 넘게 부를 유지해올 수 있었던 비결이 있었다. 최부잣집에는 여섯 가지 가훈이 전해 내려온다고 한다.

첫째, 과거를 보아 벼슬을 하더라도 진사 이상은 하지 마라. 이는 필요 이상의 권력을 가지게 됨으로써 정쟁이나 부정에 연루되는 것을 막기 위해서였을 것이다. 자식이 좀 더 유명해지고 권력을 갖기를 바라는 게 일반적인 부모의 마음일 텐데, 오히려 권력을 삼가도록 가르친 것은 쉽지 않은 지혜라고 여겨진다.

둘째, 재산을 만 석 이상 모으지 마라. 일정한 부가 형성된 다음에는 돈의 논리와 가속도로 엄청난 부를 축적하게 되는 법이다. 그런데 최부잣집은 벼슬뿐 아니라 부의 규모도 스스로 상한선을 정해 지켰다. 만일 그 기준을 넘게 되면 잉여분을 이웃에 나누어주거나 소작료를 그만큼 낮춰 받았다고 한다.

셋째, 과객을 후하게 대접하라. 길손을 따뜻하게 대접하라는 것인데, 많을 때는 그 집에 머무는 손님이 백 명이 넘었다고 한다. 문인이나 학자들이 수시로 드나들며 대화를 나누거나 저술을 남겼다고 하니, 당시에 문화적 후원자 역할 또한 톡톡히 한 셈이다.

넷째, 사방 백 리 안에 굶어 죽는 사람이 없게 하라. 소작 수입 중 천 석을 빈민 구제에 썼다고 하니 그만큼 가난한 사람을 돕는 일에 게으르지 않았다는 걸 알 수 있다.

다섯째, 흉년에는 남의 논밭을 매입하지 마라. 헐값으로 남의 재산을 사들일 수 있는 흉년 또는 불황기야말로 재테크의 좋은 기회일 수도 있다. 하지만 그런 방식으로 재산을 늘리는 일을 금한 것이다. 여기에는 얼마나 재산을 모으느냐보다 그것을 축적하는 과정의 정당성이 중요하다는 인식이 들어 있다.

여섯째, 며느리들은 시집온 후 삼 년 동안 무명옷을 입어라. 부유하더라도 사치스러운 습관에 젖지 말고 검소하게 사는 태도를 몸에 익히라는 의미일 것이다. 다른 사람에게는 후하되 자신의 몸을 치장하는 일은 삼가라는 권고이기도 하다.

흔히 '선한 부자'란 표현은 불가능하다고 말한다. 그러나 이 두 집안처럼 유지해온 부유함이라면 그렇게 불러도 좋지 않을까. 명부名富와 졸부猝富의 차이는 재산을 어떻게 유지하는가보다는 어떻게 쓰고 나누느냐에 달려 있다. 그런 점에서 전라도와 경상도의 두 부잣집은 진정한 부유함이 무엇인지를 보여주는 본보기라고 할 만하다.

◇

이사, 집의 기억을 나누는 의식

우리가 평생 깃들어 살게 될 집의 수는 얼마나 될까. 아주 드문 경우지만 태어난 집에서 일생을 마치는 사람이 있는가 하면 일 년이 멀다 하고 이사를 다녀야 하는 사람도 있다. 전자의 사람에게 집은 존재의 유일한 근거지이자 가두리일 것이고, 후자의 사람에게 집은 생활을 꾸리기 위해 잠시 거쳐가는 처소에 가까울 것이다. 어느 쪽이든 집은 거기 깃들어 사는 사람의 영혼의 상태를 말해준다. 실제로 어린아이에게 집을 그려보라고 하면 그 아이의 심리 상태가 잘 드러난다. 행복한 아이는 온기와 활기가 느껴지는 안정된 집을 그리지만, 불행한 아이는 비좁고 싸늘한 집을 그런다. 그만큼 집은 우리 존재가 뿌리내리고 있는 삶의 중요한 터전이다.

그런데 현대사회로 올수록 집의 고유한 가치나 의미는 상당히 희박해진 듯하다. 이사철만 되면 전세 대란을 겪어야 하고 치솟는 전세금에 맞추어 해마다 집을 찾아다녀야 하는 서민들에게는 집의 의미를 운운하는 것조차 배부른 노릇일지 모른다. 또한 바쁜 일상에 쫓겨 가족들이 둘러앉아 밥 한 끼 먹기도 힘든 세상이니 집은 단순히 잠자리 이상의 역할을 하기 어려워졌다. 부평초처럼 직장 따라, 전세금 싼 동네를 찾아 이리저리 옮겨다닐 뿐이다.

나 역시 이사라면 신물이 날 정도로 많이 했다. 결혼 후 열 번 넘게 이사를 했지만 낯선 천장을 보며 잠이 드는 일에는 쉽게 익숙해지지 않았다. 그런데 올여름의 이사는 좀 달랐다. 객지에서 일 년 만에 다시 집을 구해야 할 형편이라 막막했는데, 어떤 부부와의 만남이 집의 의미를 새삼 생각해보게 했다. 이사하기 며칠 전 나는 그 집에 살던 부부로부터 편지 한 통을 건네받았다. 나가고 들어오는 사람끼리 관리비나 세금 고지서 등을 주고받는 일은 흔하지만, 이렇게 친필로 쓴 편지를 받기는 처음이었다.

지금부터 제가 쓸 말은 이 집에서 사시는 동안 편리를 드리기 위해서입니다. 잘 읽어보시고 이전에 살았던 가족을 따뜻하게 기억만 해주시면 됩니다. 그리고 저희들은 이 땅의 집이 영원한 집이 아니라고 믿고 있습니다.

이렇게 시작되는 편지에는 각 방의 특징과 주의사항이 자세하게 적혀 있었다. 베란다의 창문 틈새 중 모기가 잘 들어오는 곳이 어디라든지, 다용도실의 배수구에서 나는 물소리가 처음엔 거슬리겠지만 나중엔 산중의 물소리처럼 느껴질 것이라든지, 어느 방은 문을 여닫을 때 특히 조심하라든지, 욕실에 문제가 생길 경우 어디로 연락하면 된다든지 하는 소소한 얘기들이었다.

그 부부도 급하게 이사를 하느라 경황이 없었을 텐데 이사올 사람을 위해 이렇게 친절한 편지를 쓸 수 있다니……. 그 편지만으로도 나는 이미 낯선 집의 온기를 나누어가진 것 같았다. 집을 매개로 서로의 경험과 기억을 공유한다는 것, 참으로 오랜만에 누려보는 행복이었다. 그런 행복을 나누어줄 수 있는 사람이란 아마도 지상의 집에 대한 집착으로부터 자유로운 존재일 것이다. 그 부부를 보면서 집을 사랑한다는 것과 집에 대한 집착을 갖는 것은 매우 다른 일이라는 생각이 들었다.

아파트값 상승을 막겠다고 정부가 온갖 대책을 내놓지만, 집에 대한 근본적인 인식이 바뀌지 않는 한 그 어떤 대책도 투기꾼들에게는 헐거운 그물일 수밖에 없다. 집을 선택하고 소유하는 일은 우리 사회의 정치·경제·교육 전반과 관련되어 있다. 집이 소유와 투자의 대상이 되어버린 이 세태를 대체 어디서부터 돌이킬 수 있을까. 한 마리의 번데기가 고치 속에 들어 있듯이, 한 마리의 풀벌레가 장미꽃 속에 잠들어 있듯이, 왜 인간은 한 채의 집에 충만하게 깃들지 못하는 것일까. 하지만 그 부부의 편지는 집을 상품이 아니라 살아 있는 사랑의 공간으로 만들 수 있다고 말해주는 것 같았다. 덕분에 짜증나는 이사도 이번에는 집의 기억을 나누는 소중한 의식처럼 여겨졌다.

◇

수녀님, 어디 계세요?

　고속도로를 벗어나 국도나 지방도를 다니다 보면 마을 이름, 하천 이름, 다리 이름, 고개 이름 중에 재미있는 이름들이 많다. 팻말 속의 지명을 보며 그 어원이나 주변의 지형을 짐작해보는 것도 즐거운 일이다. 마을 이름이 같은 경우도 여러 곳 있다. 신기리新基里라는 지명도 그중 하나이다. 우리말로는 새터마을쯤 될 텐데, 아마도 오래된 마을 옆에 새로운 마을이 생길 때 붙여지곤 했을 것이다. 내가 알기론 신기리라는 마을은 괴산, 옥천, 논산, 공주, 부안, 화순, 곡성, 강진, 남원, 영덕, 진부, 삼척 등 전국 곳곳에 있다.

신기리. 그 지명은 오래전 내 기억에 입력된 적이 있다. 하루는 괴산을 지나다가 신기리라는 팻말을 보고 무작정 마을 안으로 들어갔다. '분명 여기쯤 있었던 것 같은 데…….' 하며 주위를 두리번거렸다. 마을 사람에게 수녀원이 어디 있느냐고 물으니, 수녀님이 떠난 지 이미 오래라고 했다. 십 년도 훨씬 넘은 일이라 기억이 희미하지만, 그 마을의 수녀원에서 여름 한철을 보낸 적이 있었다. 방학 동안 조용히 글 쓸 공간을 찾다가 아는 사람의 주선으로 찾아간 곳이었다.

작은 예배실과 수녀원 팻말만 없다면 여느 시골집과 다를 바 없는 수녀원에는 수녀님 한 분만 살고 계셨다. 하지만 수녀님이 워낙 쾌활하고 시원스러운 성격인 데다 침을 잘 놓아서 수녀원은 아침부터 해가 질 때까지 몸이 불편한 사람들로 북적거렸다. 주로 병원에 가지 못하는 마을 노인들이었는데, 수녀님은 그분들을 돌보느라 손님인 나에게 전혀 신경을 써주지 못했다. 식사 때가 되어도 끼니를 챙기지 못할 정도로 바쁘셨다.

그래서 첫날 저녁부터 나는 낯선 부엌에서 쌀을 찾아 밥을 지었다. 수녀원 살림살이라야 변변찮은 그릇 몇 개와 냉

장고에서 시들어가는 채소들이 전부였다. 주섬주섬 있는 재료들로 차려놓은 밥상 앞에 마주 앉아 수녀님은 미안해하셨지만, 다음날부터는 으레 그것이 서로의 역할이 되어버렸다. 글을 쓰러 간 애초의 목적은 밀어두고 예정에 없던 가정부와 간호사 노릇이 시작되었다. 하지만 이것도 공부다 생각하고 괴산 장에 가서 반찬거리를 사오고 김치를 담그고 청소를 했다. 그렇게 살림을 하면서 짬짬이 동네 맞은편 둑길을 산책하고 시골 어른들이나 수녀님이 살아오신 얘기를 듣는 일상도 나름대로 재미있었다.

이따금 들려주시던 수녀님의 삶은 잘 정돈된 화단 속의 꽃보다는 들에 핀 야생화에 가까웠다. 수녀님은 젊었을 때 실수로 교통사고를 내고 합의가 되지 않아 수감된 적이 있다고 하셨다. 감방에서의 일화를 들으며 때로는 배꼽을 잡고 웃었고, 때로는 마음이 뭉클해지기도 했다. 수녀는 수녀복을 벗으면 죽는다고 버티며 끝내 수의를 입지 않았던 일, 재판이나 사형 집행을 앞둔 수감자들이 쪽지로 기도를 부탁해오던 일, 아파서 누워 있을 때 누군가 맛있는 수프를 끓여주었던 일……. 유폐된 공간에서도 그토록 다양한 일들이 일어난다는 것이 놀라웠다.

출감한 뒤에 수녀님은 전국 교도소에 흩어져 있는 감방 동기(수녀님은 그들을 그렇게 불렀다)들의 면회를 다녔다. 그리고 출감한 동기들이 사회에서 새로운 출발을 할 수 있도록 의지처가 되어주었다. 내가 그곳에 머무르는 동안에도 수녀님은 동기에게 면회를 간다며 수녀원을 하루 이틀씩 비우곤 하셨다. 수녀님을 기다리면서 나 혼자 수녀원을 지키고 있자니 너무 무서웠다. 문을 걸어잠그고 방 하나에만 불을 켜놓고 있는데도, 온 마을의 시선이 그 창문에 쏠려 있는 것 같았다. 객만 남아 주인을 기다리는 신세라니……. 그러나 밤이 지나고 수녀님이 돌아오면 우리의 평화로운 일상은 다시 이어졌다.

수녀원을 떠나기 전날 나는 수녀님과 장을 보았다. 마지막으로 밑반찬을 만들고 김치를 담가놓고 오면서 바쁘더라도 끼니를 거르지 말라는 잔소리까지 덧붙였다. 그 사이에 자매처럼 정이 들었는지 집으로 돌아오는 버스 안에서 울기도 했다. 그 후로 얼마간 연락이 이어지다가 다시는 만나지 못했다. 오랜만에 향수에 이끌려 찾아가보았지만 그 수녀원은 사라진 지 오래였다. 그러나 그 새터마을은 지금도 내 마음 속에 그리운 옛터마을로 남아 있다.

◇

영혼의 감기

 광주에 살게 되면서 호남선 막차를 타는 일이 잦아졌다. 용산역에서 출발한 무궁화호는 거의 모든 역마다 서기 때문에 새벽 4시가 넘어야 광주에 도착한다. 그날도 서울에 갔다가 지친 몸을 이끌고 남행 열차에 몸을 실었다. "비 내리는 호남선 남행 열차에⋯⋯"이 노랫말이 떠오를 만큼 봄을 재촉하는 비가 추적추적 내리는 밤이었다.

 비좁은 의자에 앉아 간신히 눈을 붙이려는데, 갑자기 옆 좌석에 누군가 풀썩하며 앉았다. 눈을 떠보니 수원역이었다. 검은 외투를 입은 그녀는 몸집이 커서 팔꿈치를 내 팔걸이에까지 걸치고 앉았다. 그녀는 내 잠을 깨운 것이나 자리를 불편하게 만든 것에 대해 미안해하는 기색조차 없었다. 나는 잠을 포기하고 어색한 침묵을 메꾸기 위해 가방에서 책을 집어들었다. 그녀는 나를 힐끔 바라보더니 읽을 책 좀 달라고 했다. 흡사 책을 맡겨놓은 듯한 태도였다.

나는 기가 막혔지만 가지고 있던 시집 한 권을 그녀에게 건넸다. 시집? 그녀는 심드렁한 표정으로 대충 훑어보더니 책을 돌려주었다. 그러고는 이내 잠이 들어 코를 골기 시작했다. 내 어깨에 온몸을 기대다시피 해서 나는 숨을 쉬기도 어려울 지경이었다. 그런데 이상하게도 이 막무가내의 동승자가 잠자는 모습을 보고 있자니 화가 나기보다 이상한 슬픔이 밀려왔다.

익산쯤 왔을까. 그녀가 눈을 떴다. 그제야 조금 미안한 표정으로 내게 말을 건넸다. 그녀는 광주에 사는 애인을 만나러 가는 길이라 했다. 조울증으로 첫 남편과 헤어졌다는 그녀는 지금 애인과 결혼을 하고 싶지만 병이 재발할까봐 두렵다는 얘기도 했다. 이런 내밀한 사정을 처음 만난 타인에게 털어놓을 수 있었던 것은 막차라는 공간에서 몸을 맞대고 몇 시간 동안 체온을 나눈 덕분일까. 그녀의 거칠고 일방적인 태도도 일종의 병증이라고 생각하니 이해가 되었다.

광주역에 거의 도착할 무렵 나는 그녀에게 말했다. "두려워하지 말아요. 조울증은 영혼의 감기 같은 거예요. 적기에 약을 잘 먹고 마음을 다스리면 나을 수 있대요." 그날 밤 막차에서 내가 들은 것은 어떤 영혼의 기침 소리였던 것이다.

광주역에 마중나온 애인과 인파 속으로 사라지는 그녀를 바라보며, 부디 그 사랑이 불안한 영혼을 구원해주기를 마음으로 기원했다. 지금도 막차를 타고 수원역을 지날 때면 그녀의 얼굴이 떠오르곤 한다. 그녀의 감기는 다 나았을까?

◇

네 밤 자면 집에 갈 수 있어요

부활의 집. 어느 목사님 부부가 장애인들과 함께 살고 있는 곳이다. 핏줄과 고향과 나이는 각기 다르지만 비슷한 고통과 기쁨이 그들을 어느새 한식구로 만들어주었다.

우리는 지어온 밥과 음식을 식당에 차려놓고 그분들과 저녁식사를 시작했다. 오리탕에 밥을 말아서 한 대접 후딱 먹어치우는 사람이 있는가 하면, 자리에 누워서 한 술 한 술 떠넣어주어야 하는 사람도 있었다. 우리의 방문은 그렇게 한 끼니의 식사를 함께 나누는 소박한 것이었다. 식사를 끝내고 과일을 먹으며 앉아 있는데, 한 아이가 원장 목사님에게 와서 이렇게 물었다.

"원장님, 저, 어, 저는, 지, 집에, 어언, 제, 가아, 요?"

이 짧은 문장을 말하는 동안에도 아이의 얼굴과 손발은 심하게 흔들렸다. 원장님은 빙그레 웃으며 말씀하셨다.

"네 밤 자면 집에 갈 수 있어."

아이는 뒤틀린 손가락 하나를 간신히 감싸쥐면서 남은 네 개의 손가락을 활짝 펴보였다. 얼굴도 환하게 웃었다.

"네, 네 밤, 이요?"

그 아이는 하루에도 몇 번씩 와서 같은 질문을 한다고 한다. 그에 대한 원장님의 대답은 늘 "네 밤 자면"이다.

하지만 아이에게는 네 밤이 수십 번 지나가도 돌아갈 집이 없다. 끝없이 유예되는 네 밤은 그런 의미에서 가까우면서도 머나먼 희망이다. 나는 왜 하필 네 밤 자면 된다고 하시느냐고 원장님께 여쭈어보았다. 그 아이의 이해력이 4 이상의 숫자를 헤아릴 수 없기 때문이라고 하셨다. 그러니까 4라는 숫자가 아이에게는 무한대나 마찬가지인 셈이다. 영원히 집에 돌아갈 수 없다는 사실을 나흘 후에 돌아갈 수 있다는 긍정형으로 바꾸어 말한 것이다.

아프리카 원주민들이 문명화된 세계에 노출되면서 보이는 특징에 대해 들은 적이 있다. 두 가지 이상을 동시에 기

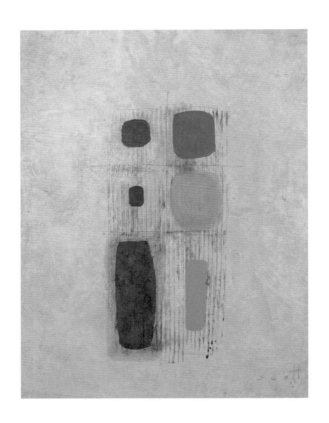

억하거나 생각할 수 없다는 것이다. 숫자 개념도 1, 2, 3 다음에는 '많다'로 뭉뚱그려 쓴다고 한다. 그 이상의 숫자를 필요로 하지 않을 만큼 단순한 삶을 영위했다는 의미도 될 것이다. 소박하고 가난한 원주민의 삶이 문명인의 시각에서는 미개하게 보일 수도 있겠지만, 원주민들은 오히려 복잡한 언어와 숫자를 동원한 문명인의 삶을 측은하게 여길 수도 있다. 비장애인이 장애인에게 갖는 편견 역시 그와 비슷할 것이다.

네 밤만 자면 집에 돌아갈 수 있다고 즐거워하는 아이에게 집은 어떤 의미일까. 그리고 그 마음이 겪는 나흘이라는 시간은 어느 정도의 길이일까. 나로서는 참으로 헤아리기 어려운 일이다.

우리가 그곳을 떠날 때 그 아이는 차가 나갈 수 있도록 철문을 활짝 열어주었다. 오는 길에 보았던 나무들의 연록빛이 아이의 웃음에서도 묻어나는 것 같았다. 나는 창문을 열고 아이에게 손가락 네 개를 펼쳐보이며 말했다.

"네 밤 자면 또 올게."

◇

피어나지 못한 목숨을 위하여

대원사의 벚꽃길은 화사한 봄날의 정취만 느끼게 하지는 않는다. 삶과 죽음에 대해 근원적인 질문을 던지게 하는 곳. 거무스름한 나뭇등걸과 그 위에 몇 점씩 묻어 있는 연분홍 꽃잎의 대비처럼, 눈부신 벚꽃 터널을 걸어간 끝에 우리가 만나게 되는 것은 죽음이다.

그곳에는 아기를 안고 있는 태안지장이라는 보살과 수백 개의 동자상들이 있다. 태아령, 세상의 빛을 보지 못하고 죽은 낙태아와 사산아의 영혼을 위로하고 극락세계로 인도하기 위해 마련된 일종의 기도터다. 돌로 된 동자상들에는 손으로 짠 빨간 모자가 씌워져 있고, 가슴에는 이름이 적힌 수건이 매달려 있다. 그러나 이 아기들의 희박한 운명처럼 이름이 비바람에 지워져 있다.

세상에 제대로 피어나지도 못한 채 지워져버린 목숨들. 나는 불자가 아니지만 그 돌로 된 아기들이 마치 내 자식처럼 느껴졌다. 낙태아가 연간 백이십만 명에 이른다는 우리나라의 현실이 아프게 떠올랐다. 그 아기들을 향해 대체 무어라 용서를 빌어야 할까.

태안지장 앞에는 티베트박물관이 있는데, 티베트의 불상이나 이국적인 공예품들이 전시되어 있다. 어떤 유물보다도 내 발길을 오래 머물게 한 것은 지하 전시실로 내려가는 계단에 놓인 자그마한 범종梵鐘이었다. 범종은 종각도 없이 어두운 계단 구석에 초라하게 주저앉아 있었다. 게다가 수십 개의 쇳조각을 이리저리 이어 붙인 용접 자국이 남아 있고, 몇 조각은 깨어져나가 그야말로 누더기종이라고 불러야 할 지경이었다.

그 범종에 얽힌 사연은 이러하다. 오래 전 대원사 주지가 고물상에 빚을 진 적이 있었다고 한다. 돈을 받지 못한 고물상 주인이 화가 나서 돈 될 만한 게 없나 절을 둘러보다가 종을 서른여섯으로 조각내어 가져갔다는 것이다. 후

일 다른 주지가 흩어진 종의 조각들을 되찾아 그 몇십 배되는 돈을 들여 용접을 해서 거기에 보관하게 되었다고 한다. 얼마나 궁했으면 이만 원을 갚지 못해 종을 빼앗겼을까 싶기도 하고, 뒤늦게나마 몇십 배의 돈을 들여 종을 복원하려고 한 마음을 헤아려보기도 했다.

그 와중에 온몸이 쪼개졌다 다시 붙여진 종의 운명은 기구하기 짝이 없었다. 범종을 종루에 높이 걸어둔다 해도 이제 거기서는 청아한 종소리도, 절박한 비명도 더이상 들리지 않을 것이다. 그러나 간신히 수습된 종의 용접 자국들은 어찌 보면 우여곡절을 겪으면서 얻어낸 새로운 문양처럼 보이기도 한다. 서른여섯 조각의 상처를 고스란히 품고 있는 그 범종 속에는 어떤 소리가 살기 시작했는지…….먼 길을 걸어와 거기 앉아 있는 누더기종에게 나는 더 가까이 귀를 기울였다.

이처럼 대원사 계곡에는 밝음과 어둠, 생성과 소멸, 삶과죽음이 공존하는 풍경들이 펼쳐져 있다. 그곳의 벚꽃이 유난히 환하고 아프게 느껴지는 것은 세상에 피어나지 못한어린 아기들과 깨진 범종의 소리 없는 울음을 품고 있기때문일 것이다. 이 봄날, 허공에 흩날리는 벚꽃잎을 손바닥

에 올려놓고 찬찬히 들여다보라. 순백의 꽃잎이 피어나기
시작하는 지점에 엷은 핏자국 같은 게 어려 있지 않은가.

◇

영랑의 나무와 다산의 나무

강진이라는 땅

영랑永郞과 다산茶山을 빼고 남도의 자연과 문화를 말하는 것은 어려운 일이다. 특히 강진은 서정시인 영랑에게 청신한 언어의 샘이었고, 외로운 유배자 다산에게는 거대한 학문의 모태였다.

남도에서 태어나 자란 영랑에게 강진은 "감각의 낯익은 고향"(〈청명〉 중에서)이었다. 《시문학》을 통해 함께 활동했던 시인 정지용도 영랑의 빛나는 시들은 모토母土인 남도의 자연에서 탄생한 것이라고 했다. "영랑의 자연과 자연의 영랑에 있어서는 완전 일치한 협주를 들을 뿐"이라는 그의 말처럼, 영랑의 시는 강진의 수려한 자연을 그대로 빼닮았다. 영랑의 시를 낳은 강진의 아름다움을 지용은 이렇게 표현하기도 했다.

영랑 시를 논의할 때 그의 주위인 남방 다도해변의 자연과 기후에 감사치 않을 수 없으니 물이면 거세지 않고 산이면 험하지 않고 해가 밝고 하늘이 맑고 땅이 기름져 겨울에도 장미가 피고 양지쪽으로 옮겨 심은 배추가 통이 앉고 젊은 사람은 솜바지가 훗훗하야 입기를 싫어하는가 하면 해양기류 관계로 여름에 바람이 시원하야 덥지 않은 이상적 남국풍토에, 첫 정월에도 붉은 동백꽃 같은 一代의 서정시인 영랑이 하나 남즉한 것도 자못 자연한 일이로다.

– 정지용, 〈김영랑과 그의 시〉

그런가하면, 경기도에서 태어나 한양에서 벼슬을 하던 다산에게 강진은 '사상의 낯선 고향'이었다. 1801년 신유사옥으로 유배 와서 제자들을 길러냈고 600여 권의 책을 썼다. 이처럼 실학사상을 집대성한 다산초당을 누군가 당대의 '지식발전소'라고 한 것은 적절한 표현이다.

탐진강을 지나 강진에 도착한 다산은 사의재四宜齋가 있는 동문 밖 주막에서 몸을 추스르고, 고성사 보은산방과 제자 이학래의 집을 거쳐 다산초당에 이르렀다. 그는 남쪽 바닷가로 귀양을 온 것이 오히려 속세와 벼슬길에 빠져 있던 자신에게 공부할 수 있는 좋은 기회가 찾아온 것이라며 흔연하게 여겼다. 다산은 유배에서 풀려난 뒤에 열여덟 해를 더 살았지만 새로운 저작을 쓰지는 않았다. 그러나 강진에서 읽고 쓴 것만으로도 한 생애가 이루어낼 수 있는 성취를 훌쩍 넘어선다.

사람은 가도 나무는 남아

강진에서의 첫날, 일행과 사의재에서 만나 아욱국에 점심을 먹고, 영랑생가와 시문학파기념관을 거쳐 백련사, 다산초당, 다산기념관 등을 둘러보았다. 주로 영랑과 다산의 흔적들을 찾아다닌 셈이다. 그런데 내 기억 속에는 어떤 유적이나 유품보다도 생가나 초당 근처의 나무 몇 그루가 더 선명하게 남아 있다.

어떤 사람이 살다 간 자리에는 그 사람의 이미지를 지닌 나무가 한두 그루 남아 있기 마련이다. 본인이 심은 나무일 수도 있고, 후대에 고인을 기리며 심은 나무일 수도 있다. 거기엔 어떤 취향이나 상징적 의미 같은 게 작용하기 마련이어서 나무와 사람을 짝지어보는 나의 습관이 전혀 터무니없는 것은 아니다. 사람은 가도 나무는 백 년, 이백 년 살아남아 우리가 살아보지 못한 그 까마득한 날들을 떠올려보게 한다. 영랑생가와 다산초당에서 나는 그들의 삶을 상징할 만한 나무 몇 그루를 발견했다.

나무는 혼자만 우뚝 서 있지 않는다. 다른 나무들과 나란히 서서 서로에게 가지와 그늘을 드리운다. 그래서 어떤 나무들에 둘러싸여 있느냐에 따라 나무는 잘 자라기도 하고 불시에 죽기도 한다. 사람살이도 마찬가지다. 누구나 혼자 살 수 없고 다른 사람들과 영향을 주고받는다. 어떤 사람들 속에 살았느냐에 따라 삶이 피워내는 꽃이 달라진다. 그러니 잇대어 선 나무들 속에서 사람의 우정과 연대를 읽어볼 수도 있겠다. 영랑의 나무를 통해 용아를 보고, 지용을 본다. 또한 다산의 나무를 통해 혜장을 보고, 초의를 본다.

영랑의 대표작이 〈모란이 피기까지는〉이어서인지 생가 앞마당에는 모란이 여러 그루 눈에 띄었다. 자취도 없이 사라진 꽃을 생각하니, "모란이 지고 말면 그뿐 내 한 해는 다 가고 말아/ 삼백 예순 날 하냥 섭섭해 우웁내다"라는 시인의 탄식이 들려오는 듯했다. 모란으로 대변되는 유미주의적 취향이 생가 곳곳에서 느껴졌다.

영랑의 또다른 대표작 〈동백잎에 빛나는 마음〉이 바위에 새겨져 있었다. 강진의 가장 대표적인 수종이라고 할 수 있는 동백에는 둥근 열매가 맺혔다. 햇살에 반짝이는 잎과 열매를 보며 영랑은 "내 마음의 어딘듯 한편에 끝없는 강물이 흐르네" 노래했다. 동백잎에 빛나는 그 마음의 물기에 힘입어 영랑은 촉이 맑은 시들을 남겼다.

생가 뒤뜰에는 크고 잘 생긴 동백나무 한 그루가 있다. 영랑은 무용가 최승희를 향한 사랑이 좌절되자 그 나무에 목을 맸다고 한다. 다행히 이웃에게 발견되어 자살 시도는 미수에 그쳤고, 이듬해 두 번째 아내 김귀련을 만나 안정적인 결혼생활을 하게 되었다.

영랑생가에서 무엇보다도 내 시선을 오래 머물게 한 나

무는 장독대 옆 우람하게 자라난 은행나무와 그것을 타고
올라간 능소화였다. 능소화는 뱀처럼 타고 올라가 은행나
무 가지 끝에 제 붉은 꽃들을 등처럼 내걸고 있었다. 그 모
습은 용아와 영랑의 시적인 동숙_{同宿}을 떠올리게 했다. 우
직한 성품으로 영랑에게 모든 것을 아낌없이 내어준 용아
가 잘 자란 은행나무 같다면, 그것을 버팀목 삼아 정작 화
려한 시의 꽃을 피워낸 것은 영랑이었다. '하늘을 비웃는
다'는 뜻의 능소화처럼 영랑이 은행잎 사이에서 웃고 있는
듯했다.

　임영무의 회고에 따르면 용아의 성품은 "온유하고 신중
하며 매우 성실하고 타인에 대한 배려가 깊은 사람"이었
다고 한다. 용아의 헌신적인 노력이나 재정적 지원이 없었
다면《시문학》이 나올 수 없었을 것이고 영랑의 시도 빛을
보기 어려웠을 것이다. 용아는 시창작보다는 이론이나 번
역에 능했고 연극이나 출판 등 다방면으로 활동을 했다.
영랑은 용아의 이러한 활동의 가장 큰 수혜자였던 셈이다.

　은행나무 아래서 우리는 그것이 암그루인지 수그루인지
를 놓고 얘기를 나누었다. 은행나무가 수그루라고 보는 사
람은 두 나무의 결합에서 은밀한 남녀상열을 읽어내었고,

암그루라고 보는 사람은 용아와 영랑의 우정을 읽어냈다. 어느 쪽으로 보든, 두 나무가 함께 빚어낸 진풍경이기는 마찬가지다. 능소화에게 온몸을 휘감기고도 푸르른 은행나무, 그는 행복했을까.

다산의 나무들

백련사에서 다산초당에 이르는 고즈넉한 숲길에는 동백숲과 야생차밭이 있었다. 초당에 지내던 다산과 백련사 주지였던 혜장선사는 이 오솔길을 오가며 우정을 쌓았으리라. 천주교 박해로 유배를 온 유학자가 승려와 만나 깊은 교감을 나누었다는 사실만으로도 다산의 너른 품을 짐작할 수 있다. 혜장선사 역시 주역과 유학을 가까이 했다는 이유로 당대의 불교계에서는 이단아였다. 제도 바깥에서 외롭게 살아가면서도 진리를 궁구했던 마음이 두 사람을 묶어준 단단한 끈이었을 것이다.

초당 앞에는 다산이 솔방울을 태워 차를 달이던 넓적한 바위가 있었다. 그것을 '다조'라고 부르는데, 다조 바로 앞에 있는 연리목 두 그루가 눈에 들어왔다. 나무의 이름을 여기저기 물었으나 녹나무, 팽나무, 생달나무 등 사람마다

답이 달랐다. 서로에게 밑둥을 붙인 채 가지런하게 뻗어나
간 두 나무는 한 그루처럼 보였다. 정담을 나누던 다산과
혜장처럼 두 나무는 가지들을 주거니 받거니 서로에게 걸
치고 있었다. 두 사람의 우정은 혜장이 마흔 살에 술병으
로 죽을 때까지 이어졌다. 다산은 혜장을 추모하는 만시
輓詩에서 "지기知己는 일생에 오직 두 늙은이/ 다시는 우화
도藕花圖 그릴 사람 없겠네"라고 탄식했다.

　다산의 편지를 읽다보면, 다산과 혜장이 처음 만나《주역》
에 대해 논하다가 서로의 학문적 내공에 놀라는 대목이 나
온다. 그 후로 다산은 혜장에게 주역과 유학을 가르쳤고, 혜
장은 다산에게 차를 만들어 주었다. 다산이 〈걸명소乞茗疏〉
까지 써서 혜장의 차를 구한 것을 보면, 차를 매개로 한 두
사람의 인연은 참 각별했던 듯하다.

　다산과 깊이 교유했던 또 한 사람의 승려는 초의草衣다.
초의는 다산보다 스물네 살이나 어렸지만, 다산에게 배운
차를 선禪의 경지로 끌어올려 오늘날 다성茶聖이라 불리운
다. 그러고보니 연리목에서 조금 떨어진 곳에 같은 수종
의 나무 한 그루가 나란히 서 있다. 큰 스승들 앞에 선 제
자처럼 조심스러운 표정이다. 다산과 초의의 인연은 나아

가 추사秋史에게까지 이어진다. 다산초당 현판에 집자된 추사의 글씨를 바라보다가, 추사를 닮은 나무는 어디 없나 두리번거린다.

아, 오늘은 강진의 이 양반들이 줄곧 나무들을 통해 내게 무어라 말씀하시는구나. 그렇게 중얼거리며 해질 무렵 만덕산 비탈길을 걸어내려왔다. 소나무 뿌리들이 계단처럼 층층이 마른 뼈처럼 드러난 구도의 길. 그 양쪽에 늘어선 소나무들은 살거나 죽은 채 또 무어라 하는가. 울퉁불퉁한 나무뿌리에 걸려 넘어지지 말라고, 저 훤칠한 나무들처럼 깊은 그늘을 드리우며 살라고, 성급한 내 발길을 다독여주는 것 같다.

◇

일기는 쓰고 있니?

누군가의 일기를 읽는 일에는 약간의 죄책감이 따른다. 출간된 책이라 하더라도 본인이 공개를 원치 않는 삶의 기록일 가능성이 많기 때문이다. 정제되지 않은 생각과 언어가 뒤섞여 있어 글 쓴 이의 민낯이 드러나기도 한다. 내가 오래전 일기 쓰기를 멈춘 이유 중에는 그런 위험성 없이 스스로 확정한 텍스트만을 남기겠다는 의지가 한몫 했다. 그런데 헨리 데이비드 소로의 일기를 읽으면서 생각이 조금 바뀌었다.

소로에게 일기를 쓰라고 권유한 사람은 그의 스승 에머슨이었다. "이제 무엇을 할 거니? 일기는 쓰고 있니?" 이 말을 들은 날부터 생을 마치기 직전까지 소로는 일기를 계속 썼다. 1837년 스무 살의 소로는 첫 일기에 이렇게 적었다. "혼자가 되기 위해서는 현재의 나로부터 벗어날 필요가 있다." 그리고는 "거미조차 아무런 방해를 받지 않는" 다락방으로 올라가 노트를 펼쳤다.

그렇다. 일기를 쓸 때는 누구나 혼자다. 타인의 시선을 의식하지 않고 값싼 노트에 휘갈겨 쓴 일기들은 그의 삶에 대한 살아 있는 증언이자 내면 보고서라고 할 수 있다. 그렇게 쌓이고 쌓인 노트는 총 39권이었고 7000페이지가 넘는 방대한 분량이었다. 미국 AMS출판사에서 나온 소로 전집 20권 중 7권에서 20권까지가 일기에 해당한다. 사십오 년의 짧은 생애가 이토록 두텁다니!

그가 줄곧 독립적이고 자유로운 영혼을 유지할 수 있었던 것은 일기 쓰기의 공력 덕분일 것이다. 자연에 대한 관찰, 인간과 사회에 대한 통찰, 독서하면서 얻은 단상, 글쓰기의 고민과 절망 등 그 내용도 다채롭다. 일기 대신 시를 한 편 적어둔 날도 있고, 생각을 한두 문장으로 압축해놓은 날도 있다. 예컨대 "사랑의 병을 고치려 한다면 더욱 사랑하는 방법 외에는 달리 좋은 치유책이 없다." "하나의 불꽃 속에 지옥 전체가 들어 있을 수 있다.""시는 이 땅에 온몸을 딛고 선 시인의 발밑에서 생겨난다." 어느 페이지를 펼쳐도 밑줄 그을 만한 문장들이 눈에 들어온다.

소로는 좋은 문장이란 그냥 우연히 나오지 않는다는 걸 누구보다 잘 알고 있었다. 그래서 매일 글을 썼고, 쓰면 쓸수록 자신의 문장과 생각에 대해 부족함을 느꼈다. 그 겸손한 태도가 그로 하여금 조금씩 앞으로 나아가게 만들었을 것이다. "삶 자체를 꾸준히 살피고 있지 못할 때에는 삶의 때가 덕지덕지 쌓여 삶 자체가 꾀죄죄해진다"는 소로의 말처럼, 나에게도 삶 자체를 꾸준히 살필 수 있는 어떤 행위가 다시 필요하다.

에머슨이 소로에게 물었던 것처럼, 오늘은 소로가 내게 묻는다. "이제 무엇을 할 거니? 일기는 쓰고 있니?"

중요한 것은 무엇을 먹고 입느냐가 아니라
그것을 즐겁고 의미 있는 것으로 변화시켜낼 수 있는 능력이다.
그것은 바로 가장 가까이 있는 존재들을 사랑하는 일이기도 하다.
사랑하는 이를 위해 흘리는 땀방울만 한 삶의 조미료를 나는 알지 못한다.

3부

면

풀 비린내에 대하여

광주비엔날레에서 태국의 작가 수라시 쿠솔웡의 〈감성적 기계〉라는 작품을 본 적이 있다. 이 작품은 65년형 폭스바겐의 엔진과 핸들, 타이어, 섀시 등을 완전히 제거하고 차체를 뒤집어 그네 침대로 설치한 것이다. 그네 옆에는 타이어를 비롯한 부속을 재활용해 만든 의자들이 놓여 있었다. 차체로 만들어진 그네 침대 속에서 아이들이 텔레비전을 보고 있는 동안 나는 타이어를 쌓아 만든 의자에 걸터앉아 그 '감성적 기계'를 바라보았다. 흔히 '달리는 무기'라고 불리는 자동차가 완전히 해체됨으로써 새로운 용도로 거듭난 모습은 예술 고유의 전복성을 보여줄 뿐 아니라 자동차에 대한 생각을 곱씹어보게 했다.

그 무렵 나는 운전 초보 딱지도 떼지 않은 상태여서 자동차가 주는 편리와 불안을 아주 예민하게 느끼고 있었다. 면허를 따놓고도 오 년이 넘도록 차를 살 생각이 별로 없었다. 그런데 아이들을 데리고 객지로 이사한 후로는 하나부터 열까지 내 손으로 해결해야 했고, 어쩔 수 없이 운전을 하게 되었다. 물론 처음엔 출퇴근 때나 장을 볼 게 많을 때만 차를 가지고 다녔다. 그러나 마음이 답답할 때 무작정 차를 몰고 교외로 나가는 습관이 생겨나기 시작했고, 차를 모는 일이 점차 잦아졌다. 누구의 방해도 받지 않고 나를 어디로든 데려다줄 수 있는 밀폐된 공간에 그렇게 조금씩 길들여져갔다.

스웨덴의 생태주의자인 에민 텡스룀은 자동차라는 물건이 "자기 자신의 영토 안에 머물고자 하는 의지와 이 영토 밖으로 움직일 필요성"을 동시에 충족시켜준다고 말한 바 있다. 현대인들이 자동차라는 '아늑한 자궁'으로부터 잠시도 떨어지고 싶어하지 않는 것도 바로 이 모순된 욕망을 자동차라는 공간이 해결해주기 때문일 것이다. 앞에서 말한 〈감성적 기계〉처럼 굳이 자동차를 해체하지 않아도 자동차는 이미 충분히 '감성적 기계' 노릇을 하고 있는 셈이다.

하지만 얼마 안 가서 자동차에 대한 낯설고 당혹스러운 경험을 하게 되었다. 갑자기 서울에 갈 일이 생겼는데 주말이라 차표를 구할 수 없었다. 몇 번을 망설이다가 나는 초보 주제에 식구들을 태우고 서울로 가는 고속도로로 접어들었다. 무사히 서울에 도착해서 일을 보고 다음날 밤에 광주로 돌아올 수는 있었다. 그런데 밤에 고속도로를 달리다보니 차창에 무언가 타닥타닥 부딪치는 소리가 났다. 처음엔 그저 속도 때문에 모래 알갱이 같은 게 튀는 소리려니 했다.

다음날 아침 출근을 하려는데 유리창은 물론이고 앞 범퍼에 푸르죽죽한 것들이 잔뜩 엉겨 있었다. 그것은 흙먼지가 아니라 수많은 풀벌레들이 달리는 차체에 부딪쳐 죽은 잔해였다. 마치 거대한 모터 주위에 두텁게 쌓여 있는 먼지뭉치처럼 말이다. 그것을 닦아내려다 나는 지난밤 엄청난 범죄라도 저지른 사람처럼 손발이 후들후들 떨려 도망치듯 세차장으로 갔다. 그러나 세차 기계의 물살에도 엉겨붙은 풀벌레들의 흔적은 완전히 지워지지 않았다. 그 후로 운전대를 잡을 때마다 풀 비린내는 몸서리치는 기억으로 남았고, 나는 손을 씻고 또 씻었다.

시속 100킬로미터 정도의 속력에 그렇게 많은 풀벌레가 짓이겨졌다는 것도 믿기 어려웠지만, 이런 살상의 경험을 모든 운전자들이 초경처럼 겪었으리라는 사실이야말로 나에게는 예상치 못한 충격이었다. 인간에게는 편리하고 안락한 공간이 다른 생명을 해칠 수도 있다는 자각이 그제야 찾아왔다.

옛날 티베트의 승려들은 입을 열어 말을 할 때마다 공기 중의 미생물을 죽이게 될까봐 얼굴에 일곱 겹의 천을 두르고 다녔다고 한다. 그렇게 생명을 아끼는 태도에 비하면 자동차를 몰고 다니는 것 자체가 엄청난 살생 행위라고도 볼 수 있다. 그렇다고 하루아침에 차를 없앨 수도 없는 형편이어서 나는 자동차에 대한 태도를 정리할 필요를 느꼈다. 결국 차를 유지하되 사용을 최소화하고 의존도를 낮추는 선에서 타협할 수밖에 없었다. 그리고 그 '감성적 기계'의 편안함에 길들여지려는 순간마다 그것이 풀 비린내뿐 아니라 피 비린내를 불러올 수도 있다는 자각을 잊지 않으려고 한다.

운전을 시작하기 전까지 나는 걷기 예찬자였고, 인공적인 공간보다는 자연 속에 머물기를 누구보다 좋아했다. 그

러나 차를 소유하고부터는 생태적인 어떤 발언도 할 자격
이 없다는 생각이 들곤 한다. 차를 소유하되 그에 종속되지
않는다는 것, 이런 아슬아슬한 줄타기가 앞으로 얼마나 지
속될 수 있을지 모르겠다. 다만 그날 아침의 풀 비린내가
원죄의식처럼 운전대를 잡은 내 손에 남아 있을 따름이다.

◇

구름 앞에서 부끄러웠다

태풍이 지나고 요며칠 퇴근길에 만난 노을이 유난히 아름다웠다. 붉은 노을에 젖어 유유히 흘러가는 구름도 아름다웠다. 그런데 저 아름다운 구름을 우리는 과연 언제까지 만날 수 있을까. 불현듯 이런 생각이 들자, 하늘을 바라보며 환하게 피어오르던 마음이 금세 수그러들었다. 최근 기후위기 문제를 둘러싸고 들려오는 소식들과 우려의 목소리들이 떠올랐기 때문이다.

2019년 9월 17일 경희대 후마니타스칼리지 교수자들이 기후행동을 촉구하는 성명서를 발표했고, 9월 21일에는 전국 10개 도시에서 기후위기 비상행동 집회와 행진이 있었다. 영국이나 미국 등지에서도 '글로벌 기후파업'이라는 단체행동이 이어졌으며, 청소년들이 등교를 거부하고 기후위기 대책을 촉구하는 집회를 열기도 했다. 청소년들은 이제 기후위기를 자신의 생존권 문제로 받아들이고 있다. 기성세대만 믿고 있다가는 지구의 미래가 보이지 않는다는 절박함에 그들은 교실을 뛰쳐나와 거리로 모여들었다.

이렇게 기후위기와 관련해 세계적인 시계는 급박하게 돌아가고 있는데도 한국 정부와 언론은 그 심각성을 충분히 체감하고 있지 못한 듯하다. 문재인 대통령이 유엔 기후행동 정상회의 연설에서 '세계 푸른 하늘의 날'을 제정하고 녹색기후기금 공여액을 배로 늘리겠다고 한 것은 그 체감의 정도를 잘 보여준다. 우리나라의 온실가스 배출량은 세계 7위이고, 이산화탄소 배출 증가율은 OECD 국가 중 1위라고 한다. 지금이라도 정부는 기후위기에 대한 비상사태를 인식하고 온실가스 배출에 대한 책임 있는 대책을 내놓아야 한다.

최근 주목을 받고 있는 십 대의 환경운동가 그레타 툰베리의 말처럼, 기후위기 대책을 제대로 세우지 않는 것은 우리 세대가 "공기 중에 배출해놓은 수천억 톤의 이산화

탄소를 제거할 임무를 우리 자녀 세대들에게 떠넘기는 것"이다. 그리고 저 구름을 지키지 못한다면, 그건 우리가 다음 세대의 미래를 빼앗는 일이다.

어디 구름뿐이겠는가. 북극의 빙산은 지금도 빠른 속도로 녹아내리고 있고, 아마존과 호주의 불길은 계속되고 있다. 이런 속도로 지구의 온도가 올라가면 재난으로 삶의 터전을 잃는 기후난민들이 계속 늘어날 수밖에 없다. 시인은 더이상 숲으로 가지 못한다, 한 평론가가 이렇게 일갈했던 것은 1990년대 초였다. 삼십 년의 세월이 지난 오늘은 이렇게 말해야 할까. 시인은 더이상 구름 앞에 서 있지 못한다, 라고.

◇

슬픔의 이유를 알 권리

4월의 달력을 바라보는 마음에는 커다란 구멍이 두 개나 뚫려 있다. 4월 3일과 4월 16일. 고통의 블랙홀과도 같은 이 두 개의 숫자 앞에서 우리는 해마다 어떤 집단적 통증이 되살아나는 걸 느낀다. 내가 쓰는 다이어리에는 16이라는 숫자만 노란색으로 인쇄되어 있다. 노란 리본만 보아도 가슴이 울컥울컥 했었는데, 이제 육 년이라는 시간이 흘러 세월호 참사에 대한 관심도 예전만 못한 듯하다. 그만 잊으라고, 이만하면 충분히 애도하지 않았느냐고 말하는 사람들도 있다.

하지만 세월호의 비극이 일어나게 된 근본적인 이유를

알지 못하는 한 슬픔의 항변을 멈출 수는 없다. 어쩌면 세월호의 진실을 가리고 있는 것은 기득권을 쥔 적폐 세력만이 아니라, 타인의 슬픔에 무감해진 채 방관자로 살아온 우리 자신인지도 모른다. 그런 죄책감과 애도의 마음을 모아 시인들은 다시 추모시집 《언제까지고 우리는 너희를 멀리 보낼 수가 없다》를 펴냈다. 이 시집의 제목처럼, 우리는 그 꽃송이 같은 목숨들을 아직은 떠나보낼 수가 없다. 표제시를 쓴 신경림 시인은 "올해도 사월은 다시 오고/ 아름다운 너희 눈물로 꽃이 핀다"고 탄식하면서, 아이들은 사라진 것이 아니라, 우리 곁에서 "우리가 살아갈 세상을 보다 알차게/ 우리가 만들어갈 세상을 보다 바르게/ 우리가 꿈꾸어갈 세상을 보다 참되게" 하기를 함께 기원하고 있다고 말한다.

얼마 전에는 영화 〈생일〉을 보았다. 순남은 참사가 난 지 몇 년이 지나도록 아들 수호의 방을 그대로 둔 채 아이의 옷을 새로 사오고, 이불을 자주 빨아서 갈아준다. 벽에는 교복이 가지런히 걸려 있고, 책상 위에는 수호가 풀던 문제집과 연습장이 그대로 펼쳐져 있다. 순남은 수호가 금방이라도 학교에서 돌아와 초인종을 누를 것 같은 마음에

거실에서 잠을 자고, 현관 센서등이 켜지면 죽은 아들이 온 거라고 믿는다. 동생 예슬이는 오빠를 앗아간 바다에 대한 트라우마 때문에 갯벌에 들어가지 못하고 생선을 먹지도 못한다. 이렇게 고통스러운 일상을 보내온 이들에게 육 년이란 얼마나 긴 세월이었을까.

순남이 마트 계산원으로 일하며 힘겹게 일상을 이어가던 어느 날 외국에서 일하던 남편 정일이 돌아온다. 아들을 잃고 홀로 통곡의 밤을 수없이 보내온 순남은 돌아온 남편에 대해서도, 다른 세월호 유가족들에 대해서도 마음을 열지 못한다. 그러다가 두 사람은 어렵사리 수호의 생일 모임에 가게 되고, 거기 모인 이웃들과 수호에 대한 기억을 함께 나누며 서로의 상처를 어루만지게 된다. 수호가 없는 수호의 생일. 그러나 수호에 대한 기억과 사랑이 살아남은 사람들을 다시 일으켜주고 이어주었으니, 수호는 이들 곁에 수호천사처럼 함께하고 있는 것이다.

'거리의 의사'로 불리는 정혜신, 이명수 부부는 실제로 안산에서 치유공간 '이웃'을 열고 아이들의 생일 모임을 꾸준히 이어나갔다. 나는 그중에서 2학년 9반 정다혜의 목소리를 빌어 시를 써서 보내드렸다. 하지만 그때는 제대로 실감하지 못했다, 한 편의 시가 산 자와 죽은 자를 만날 수 있게 해주리라는 것을. 그런데 〈생일〉의 후반부를 보면서, 아, 저런 기적이, 슬픈 자가 슬픈 자를 위로하고 치유할 수 있는 기적이 정말 그곳에서 일어났겠구나 하는 생각이 들었다. "유가족들은 지금 자기가 살던 세상이 모두 깨어진 거잖아요. (중략) 그런데 이 사람들이 이웃 치유자들을 접하고 그들의 마음을 느끼면서 다른 세상으로 진입하는 거에요. 다른 가치와 관계가 만들어지는 거죠." 정혜신 선생은 《천사들은 우리 옆집에 산다》에서 '치유'란 이런 것이라고 말했다.

이런 개인적인 마음의 치유를 넘어 좀더 근본적인 치유를 위해서는 세월호 참사의 원인이나 책임 규명이 제대로 이루어져야 한다. 그러나 기득권 세력들은 검찰 수사에 외압을 행사하거나 기록물을 봉인함으로써 진실을 밝히지 못하도록 방해해왔다. 세월호 참사에 대한 은폐 및 조작의 증거들이 계속 드러나고 있고, 이에 대해 '세월호 참사 특별수사단 설치와 전면 재수사를 요청하는 청와대 국민청원'이 진행중이다. 충분한 시간이 있었음에도 해군과 해경은 왜 승객들을 제대로 구조하지 않았는지, 그 배후에는 대체 누가 있는 것인지 우리는 아직도 알지 못한다. 그것을 제대로 알지 못하는 한 우리는 마음껏 슬퍼하고 분노할 권리가 있다. 그리고 우리에게는 이 오랜 슬픔의 이유를 알 권리가 있다.

◇

죽음과 죽어감

최근에 갑작스러운 부음을 자주 접하게 된다. 그럴 때마다 타인의 죽음을 통해 나의 죽음에 대해 생각하게 된다. 나는 어떻게 죽을 것인가. 아니, 어디서 어떻게 죽어갈 것인가.

호스피스운동의 선구자였던 엘리자베스 퀴블러 로스의 《죽음과 죽어감》에서처럼, 현대인에게는 이제 '죽음'보다 '죽어감'의 과정이 더 중요해진 것 같다. 그래서 만성퇴행성 질환이나 장기적인 투병보다 차라리 짧고 간결한 죽음을 원하는 것은 나만의 바람이 아닐 것이다. '긴 병에 효자 없다'는 말이 있듯이, 병이 길어지면 가까운 가족조차 한결같은 마음으로 그 곁을 지켜주기가 쉽지 않다.

미하엘 하네케 감독의 〈아무르〉는 사랑에 관한 영화이자 죽음에 관한 영화다. 죽음을 통해서만 온전히 발현되고 증명될 수 있는 사랑, 또는 사랑에 의해서만 완성될 수 있는 죽음이 있음을 말해주는 영화다. 어떤 희망이나 서사적 전환도 없이 영화가 진행되는 동안 화면은 죽어가는 자의 얼굴을 담담하게, 그러나 집요하게 비추고 있다.

제자의 연주회에 다녀온 노부부는 누군가 문을 따려던 흔적을 보며 무심코 도둑에 대한 얘기를 주고받는다. "침대에 누워 있는데 도둑이 들었다고 생각해봐. 난 싸우다가 죽었을 걸." 아내 안느의 이 농담은 결국 도둑처럼 들이닥친 질병과 죽음에 대한 예언이 되고 만다. 이처럼 질병은 평온한 일상에 불현듯 찾아와 살아 있는 물기와 온기를 서서히 거두어가기 시작한다.

하지만 갑자기 찾아온 질병 앞에서 우리에게 주어진 선택지는 많지 않다. 고작해야 병원에 갈 것인가 말 것인가를 결정하는 것뿐이다. 안느가 식사하다가 갑자기 멍해지는 증상을 보이자 남편 조르주는 병원에 그녀를 데리고 간다. 안느는 결국 뇌졸중으로 오른쪽 몸이 마비된 채 집에 돌아온다. 그녀는 남편에게 하나만 약속해달라고 부탁한다. "다시는 날 병원에 보내지 마." 이 말은 인간다운 존엄을 잃지 않고 죽음을 맞이하게 해달라는 청원일 것이다. 생명의 연장이나 통증의 완화를 위해 병원에서 일방적으로 이루어지는 처치에 자신을 더이상 내맡기고 싶지 않다는 뜻이기도 하다.

물론 이 영화에 병원 장면은 단 한 번도 등장하지 않는다. 지루할 정도로 두 사람이 사는 아파트 내부가 줄곧 배경이 될 뿐, 회상을 통해서라도 그 공간을 벗어나는 법이 없다. 그 갇혀 있음, 벗어날 수 없음 자체를 힘주어 말하려는 듯 말이다. 그런데도 불구하고 집의 대립항으로 병원이라는 공간을 자꾸 떠올리게 된다. 현관, 거실, 부엌, 침실, 욕실을 오가며 하루하루 진행되는 노부부의 조용한 사투. 두 사람은 그야말로 죽음의 공동체가 되어 질병과 무력한 싸움을 해나간다.

과연 존엄한 죽음이란 가능할 것일까. 우리는 존엄한 삶 못지 않게 존엄한 죽음을 원한다. 하지만 질병은 그런 염원을 무참하게 만들어버린다. "점점 나빠지겠지. 그러다 끝이 나겠지." 안느의 이 말처럼, 죽어가는 과정이란 어떻게 손을 써볼 수도 없는 채 다가오는 죽음을 지켜보아야 하는 수동적 경험에 가깝다. 전동 휠체어를 다루는 법을 익히고, 걷기 연습을 하고, 발음 연습을 하고, 노래를 따라 부르고, 이런저런 재활의 노력을 해보지만, 죽음은 결국 복도에 물이 흥건하게 차들어오듯 도래하고 만다. 신음소리조차 낼 수 없는 지경이 될 때까지 죽음은 삶을 침식해 들어온다. 이 과정에서 죽음을 향해 내던져진 자의 고독은 누구도 대신해 줄 수가 없다.

안느가 더는 주체할 수 없는 신음소리를 내자, 조르주는 "괜찮아. 괜찮아. 내가 있잖아"라며 열 살 때 캠프 갔던 이야기를 들려준다. 이렇게 함께 노래를 부르거나 이야기를 나누는 일이 그들에게는 길고 고통스러운 죽어감의 과정을 견딜 수 있는 유일한 무기였다. 결국 조르주는 베개로 아내의 얼굴을 눌러 질식사시키고 자신도 함께 죽음의 길을 선택한다. 이러한 선택을 살인이라고, 범죄라고, 쉽게 말할 수 있을까. 더이상 살아 있다고 말할 수도 없는 목숨을 끊어주는 것이 그가 남편으로서 할 수 있는 마지막 사랑의 행위였던 것이다.

◇

통증과 치유의 주체는 누구인가

종합병원 복도는 그야말로 질병의 집하장이다. 거기에 앉아 있으면 울음소리와 신음소리가 쉴새없이 들려온다. 하루에도 몇 명씩 중환자실에서 영안실로 옮겨지지만, 그 이동 역시 잠깐 터져나오는 유족들의 울음소리로 알아차릴 수 있을 뿐이다. 나중에는 울음소리만 듣고도 사태의 경중을 가늠할 수 있다. 말기의 암환자는 자신이 그 실려 나가는 시체가 아니라는 데 안도하고, 초기의 암환자는 말기의 암환자를 바라보며 그나마 위안을 얻는다.

이렇게 질병과 죽음이 미만한 곳에서 아픈 사람의 고통은 존엄성을 얻기가 점점 어려워져간다. 일찍이 릴케가

《말테의 수기》에서 "지금은 559개의 침상에서 사람들이 죽어간다. 공장에서처럼 대량생산 방식이다"라고 했던 것처럼, 현대는 질병과 죽음까지도 대량생산되는 시대다.

그래서 의사와 환자 사이에 인격적인 관계를 기대하기 어렵고, 환자의 말에 귀 기울이던 의사의 자리를 이제 의료 장비와 약물들이 대신하게 되었다. 치유Healing는 처치Treating로 대체되고, 치료Caring 대신 관리Managing가 한결 중요해졌다. 그런 의료 환경 속에서 고통받는 인간으로서 환자의 고유한 권리는 망각되기 십상이다. 사람들은 그저 어느 날 자신에게 닥쳐온 질병에 대한 판정을 듣고, 의사의 처방전에 따라 약물과 수술에 무력하게 자신을 맡길 뿐이다. 자신이 통증과 치유의 주체라는 사실을 자각하지도 존중받지도 못한다.

진정한 의사는 환자로 하여금 그 사실을 인식하도록 도와주고, 환자의 개인적 특수성을 충분히 고려하며 그의 고통에 동참하는 사람이다. 또 육체적인 질병을 제거하거나 완화시킬 뿐 아니라 정서적인 안정을 되찾아줄 때에야 비로소 '치유'라는 말을 쓸 수 있지 않을까.

12세기의 철학자이자 의사였던 마이모니데스는 이렇게

기도했다고 한다. "환자가 고통받는 나의 친구임을 잊지 않게 해주소서. 그리고 내가 그에게서 질병만을 따로 떼어 생각하지 않도록 하소서." 그러나 21세기 한국의 의료 현실 속에서 이런 인간애와 통찰력을 지닌 의사를 바란다는 건 무리한 기대일 것이다.

한스 게오르크 가다머는 백 세 되던 해 하이델베르크 대학 병원이 주최한 심포지엄에서 '고통'이라는 주제로 강연을 했다. 사진을 통해 본 가다머의 손과 얼굴에는 백 년이라는 시간의 흔적인 검버섯이 피어 있고 주름이 깊이 패었지만, 그의 눈빛만은 형형했다. 이 해석학의 대가는 "의약품 생산 기업의 독점체제 아래에서 환자들이 실제로 자신과 삶에 고유한 책임을 져야 한다는 통찰을 점점 더 하지 못하고 있는 유감스러운 상황"을 지적하면서, 환자는 통증을 겪고 있는 주체로서 의학이나 의료진에 의해 도구화되지 않아야 한다고 강조했다. 가장 바람직한 치유는 자기 스스로에게서 치유력을 발견하고 거기에 귀를 기울이는 일이라는 것이다.

사실 건강한 상태에서는 몸의 기관들이 별 문제 없이 돌아가면서 침묵한다. 반면, 질병은 몸의 특정 부분이 아프다고 발화하거나 소리를 지르는 상태다. 병을 자각하게 됨으로써 오히려 잊고 있었던 몸의 소리를 듣게 되는 셈이다. 그러니 크고 작은 질병들은 자신의 몸과 마음을 이해하는 하나의 과정이라고 말할 수 있다.

그렇게 보면 질병과 그로 인한 통증은 서둘러 제거해야 할 대상만은 아니다. 통증와 치유의 주체가 누구인지 깨닫는다면, 질병은 내 몸을 두드리고 들어온 귀한 손님일 수도 있다. 일반적으로 통증은 우리로 하여금 타인이나 세상에 대해 문을 더 굳게 잠그도록 만든다. 하지만 그 닫힌 눈과 마음을 조금만 열고 몸을 들여다보면 질병이 스스로 물러날 길이 보일지도 모른다.

◇

삶을 어떻게 요리할 것인가

자연주의자인 헬렌 니어링이 쓴 독특한 요리책《소박한 밥상》을 보면, 세상에는 세 가지 부류의 사람이 있다고 한다. 요리를 잘하는 사람과 요리를 잘하고 싶어하는 사람, 그리고 요리를 잘하지 못하면서 잘하려고도 신경쓰지 않는 사람. 헬렌 니어링은 자신을 세 번째 부류에 속한다고 말하면서, 최소한의 것으로 풍요로운 삶을 살 수 있는 비결을 가르쳐준다. 먹거리를 직접 재배해서 활용하다 보면 식탁은 자연히 검소해지고 최소의 가공을 통해 가장 독특하고 살아 있는 음식을 만들어낼 수 있다는 게 그녀가 알려주는 비결이다.

그런 점에서 이 요리책은 사진만 보아도 군침이 도는 진기한 요리들에 관한 안내서가 아니다. 오히려 어떻게 하면 요리를 많이 하지 않고도 건강하게 살 수 있는지를 말해주는 책이다. 양배추나 돼지고기가 아니라 삶이라는 원재료를 어떻게 다루고 요리할 것인가를 배울 수 있는 책이다.

헬렌 니어링은 남편 스콧 니어링과 함께 낡은 농가에 살면서 자본주의를 넘어선 삶의 양식을 끊임없이 모색했다. 문명의 혜택을 최소화하고 노동과 사유를 통해 인간으로서의 존엄성을 지켜나갔던 두 사람은 죽음 앞에서도 아름다운 위엄을 잃지 않았다. 스콧 니어링은 백 세가 되던 해 음식을 서서히 줄여나감으로써 생을 마감했다. 생태주의자, 반전운동가, 채식주의자 등 그 부부에게 흔히 따라다니는 말만으로는 두 사람이 남긴 삶의 향기를 온전히 설명하기가 어렵다.

이 부부의 생활방식을 접하면서 요즘 유행하는 '웰빙족'을 떠올릴 수도 있다. 육식을 하지 않고, 유기농 농산물을 먹으며, 화학조미료나 가공식품을 멀리하는 식습관이 우선 비슷하다. 요가나 명상 등을 통해 몸과 영혼의 안정을 추구한다는 점 또한 그러하다. 물질적 욕구를 충족시키기 위해 앞만 보고 달려오던 삶의 방식에서 벗어나 어떻게 하면 잘well 존재할being 것인가를 생각하게 되었다는 점에서 의미 있는 변화라고 할 수 있다.

그러나 오늘날의 웰빙 열풍이 과연 얼마나 근본적인 성찰을 통과했는지는 의문이다. 그저 도시 생활에 찌든 현대인에게 좀더 안락한 기호품을 제공하는 수준에 머무르거나, 계속 얼굴을 바꾸어 쓰며 나타나는 일시적 유행 또는 문화적 코드에 불과하다는 생각이 들기도 한다. 먹거리, 가전제품, 다이어트, 건강식품, 화장품, 심지어 음반이나 책에까지 '웰빙'이라는 말을 붙여야 그럴듯해 보이고 잘 팔리는 게 요즘의 세태 아닌가.

그런 웰빙족에게서는 모든 생명체가 평화롭게 공존할 수 있는 길을 찾고 그를 위해 자신의 삶을 간소화하려는 노력을 찾아보기는 어렵다. 오히려 온갖 천연의 이미지들을 소비하며 자기 몸을 섬기기에 몰두해 있는 느낌이 든다. 채식주의만 해도 그렇다. 건강과 다이어트를 위해 육식을 줄이거나 삼가는 사람은 늘고 있지만, 육식 자체가 지닌 윤리 문제나 에너지 문제를 사회적 이슈로 제기하는 사람은 많지 않다.

또한 엄청난 돈과 시간을 들여 몇 킬로그램의 살을 빼느라 안간힘을 쓰지만, 다른 한편에서는 급식비를 내지 못해 수십만 명의 아이들이 점심을 굶고 있다. 불필요하게 남아도는 쪽은 절박하게 모자라는 쪽을 생각하지 못하고 잉여분을 무의미하게 폐기하고 있는 형국이다. 이처럼 요즘 유행하는 웰빙 열풍은 다른 존재와 더불어 살 수 있는 길을 모색하기보다는 자신이나 가족의 행복만을 추구하는 '이기적인 검소함'에 가깝다. 그런 우리에게 정말 필요한 것은 정신의 다이어트라는 것을 헬렌 니어링 부부의 삶과 글은 잘 보여주고 있다.

그렇다면 어떻게 사는 것이 과연 제대로 존재하는 길인가. 그것은 소비의 문제가 아니라 생산의 문제이며, 나의 문제가 아니라 우리 모두의 문제이다. 웰빙 상품을 소비함으로써 얻을 수 있는 만족이 아니라 가까이 있는 이웃과 생명체들을 사랑하는 일이야말로 진정한 웰빙족이 누리는 행복이 아닐까.

소로는 어떤 음식을 좋아하느냐는 질문에 "가장 가까이 있는 것"이라고 대답했다. 중요한 것은 무엇을 먹고 입느냐가 아니라 그것을 즐겁고 의미 있는 것으로 변화시켜낼 수 있는 능력이다. 그것은 바로 가장 가까이 있는 존재들을 사랑하는 일이기도 하다. 사랑하는 이를 위해 흘리는 땀방울만한 삶의 조미료를 나는 알지 못한다.

◇

그늘 속의 의자들

．

날씨가 더워지니 서늘한 그늘만 찾게 된다. 그래도 최근
에는 횡단보도 앞이나 버스 정류장에 더위를 피할 수 있는
그늘막이 많이 늘어난 것 같다. 나무 한 그루 없는 도로변
에서 이런 쉼터를 만나면 얼마나 반가운지……. 그늘에서
는 시원한 바람도 더 오래 머물다 가는 것 같다.

우리 동네 버스 정류장에는 기다란 초록색 그늘막에 "이
시설물은 보행자님들의 쉼터로……"라고 적혀 있다. 벽면
에는 시계와 거울이 걸려 있고, 누가 가져다놓았는지 낡은
의자 일곱 개가 나란히 놓여 있다. 크기와 모양이 제각각
인데다 등받이가 부러졌거나 찢어진 시트를 테이프로 붙

여놓은 의자도 있다. 다리가 고르지 못해 한쪽으로 기우뚱한 의자도 있다. 이렇게 낡은 사물들이 모여 아주 정다운 쉼터가 완성되었다. 지나던 사람들이 거기 앉아 얘기를 나누거나 버스를 기다린다. 맞아, 그늘이란 저런 것이지.

그늘 중에서는 풍성한 나무 그늘이 가장 좋다. 초록이 짙어가는 나무 아래서 풀벌레 소리를 듣고 꽃향기를 맡고 있으면 그 한 평 남짓한 땅이 천국이라는 생각이 든다. 새가 날아들어 지저귀는 동안 그늘이 잠시 소란스러워져도 괜찮다. 함민복 시인의 〈그늘 학습〉이라는 시가 떠오른다. "뒷산에서 뻐꾸기가 울고/ 옆산에서 꾀꼬리가 운다/ 새소리 서로 부딪히지 않는데/ 마음은 내 마음끼리도 이리 부딪히니/ 나무 그늘에 좀더 앉아 있어야겠다." 시인의 말처럼, 나무 그늘에 앉아 있는 일만한 마음 공부가 또 어디 있는가. 마음에서 찌그럭거리던 소음과 그림자들도 그늘 아래서는 조금씩 가라앉는다.

'빛'의 대척점에 있는 '그림자'와 달리, '그늘'이라는 말에는 빛과 어둠이 함께 깃들어 있다. 또한 말과 침묵, 서늘함과 따뜻함, 기쁨과 슬픔이 하나로 어우러져 있다. 그래서 김응교 시인은 《그늘》이라는 책에서 그늘을 '문지방 공간'이라고 부르며 "건물과 건물 사이의 아케이드 공간이 수많은 이야기를 품고 있듯이, 빛과 어둠, 혹은 양지와 어둠, 혹은 환희와 절망, 혹은 환상과 증상 사이에서 그늘은 셀 수 없는 이야기를 품고 있다"고 썼다. 올여름에는 가까운 그늘에 의자를 내어두고 그 이야기들에 귀를 기울여봐야겠다.

◇

무엇을 줄일 수 있을까

당신의 삶에서 줄이거나 금했을 때 가장 고통스러운 것
은 무엇인가? 이 질문에 대한 답변은 사람마다 다를 것이
다. 금연을 시도하고 있는 사람이라면 담배를 끊는 고통이
제일 크다고 대답할 것이다. 다이어트를 실행하고 있는 사
람이라면 1킬로그램의 살을 빼는 일이 얼마나 힘겨운지
토로할 것이다. 시험을 앞둔 수험생이라면 밤마다 잠을 줄
이려고 씨름하면서 세상에서 제일 무거운 것은 눈꺼풀이
라고 생각할 것이다. 사랑에 빠진 사람이라면 연인과 함께
하지 못하는 시간이 가장 힘들다고 말할 것이다.

지난달 나에게도 이 질문을 자못 진지하게 던질 기회가

있었다. 고난주간을 맞아 어떤 종류의 고통이든 스스로 선택해서 견뎌보겠다는 생각이 들면서였다. 기독교인이라 해도 이렇다 할 종교적 실천을 하지 못한 채 교회 문턱을 들락거리는 나에게 무언가 제동을 걸어보고 싶었다. 그래서 고난주간 동안이라도 자신이 가장 좋아하는 것을 한 가지씩 줄이거나 금해보라는 설교자의 권유가 내 마음을 움직였다.

나에게서 무엇을 줄였을 때 가장 치명적인 고통에 이를 수 있을까. 궁리 끝에 내가 선택한 고통의 항목은 '말'이었다. 가장 간절히 줄이고 싶은 것이 '말'이라는 사실은 그만큼 '말'에 지쳐 있다는 증표도 되리라. 하지만 그렇게 결심하려는 순간, 당장 다음날 아침부터 강의를 해야 하고 며칠 안에 넘겨야 할 원고가 있다는 사실이 떠올랐다. '말'을 사용하지 않고는 한나절도 지낼 수 없을 뿐 아니라 남에게 피해를 끼치게 된다니! '말'에 덜미가 잡혀서 그로부터 한 발자국도 벗어날 수 없게 된 내 처지를 새삼 확인하는 순간이었다. 어느새 '말'은 나에게 고난을 명하시는 저 신의 음성보다 더 거대한 존재가 되어버렸던 것이다.

그런데 말을 줄여야겠다는 의지가 무의식이나 몸을 움

직일 만큼 간절했던지, 그날 밤부터 갑자기 감기 기운이 느껴지면서 목이 붓고 아파오기 시작했다. 다음날 수업을 하려는데 목이 잠겨서 어쩔 수 없이 말을 최대한 줄여야 했다. 그 다음날에는 썩어가던 사랑니가 아침부터 쑤셔서 치과에 들러 이를 뺐다. 어금니에 피 묻은 솜을 물고 나는 무려 세 시간 가까이 금언할 수 있었다. 하여튼 이런 방식으로라도 눈물겹게 말을 줄이는 고난의 기회를 부여해주신 신께 감사드릴 수밖에 없었다.

그렇게 한 주를 보내는 동안 내가 절실하게 느낀 것은 말을 줄이는 고통이 아니라 말을 줄일 수 없는 고통이었다. 작가가 된 지 이십 년이 넘었으니 말과의 동거는 이력이 날 만도 하지만, 작가란 말과 싸우는 고통을 한순간도 반납할 수 없는 존재이다. 이 일만 끝내면 휴가를 떠나야지 벼르는 회사원처럼, 이 원고만 끝나면 정말 '말'에서 도망가야지 수없이 되뇌곤 한다. 그러나 나는 여전히 말이 부리는 가난한 소작농일 따름이다. 일구고 또 일구지 않으면 삶을 영위할 수 없는…….

오랜만에 시도해본 금욕의 실험은 끝내 실패하고 말았지만, 내 삶이 침묵으로부터 얼마나 멀리 있는지 실감할

216

수 있는 한 주였다. 고난주간이 끝나고 부활절이 찾아왔다. 하지만 '말'의 고난을 제대로 겪어내지 못했으니 '말'의 부활 또한 기대하기는 어려운 일 아닌가. 그럼에도 신생의 언어에 대한 갈망을 버리지 못하는 걸 보면, 나는 어쩔 수 없이 '말'이라는 교주를 섬기는 변덕스러운 신도임이 분명하다.

이처럼 우리가 무엇인가를 줄이려고 생각하는 순간, 그것이 우리의 삶을 가장 큰 힘으로 지배하고 있음을 실감할 수 있다. 그리고 정작 위험한 것은 그것의 결핍이 아니라 과잉이라는 것을, 그 과잉을 몇 숟갈이라도 덜어낼 때 삶은 좀더 맑아질 수 있다는 것을 깨닫게 된다. "입 속에는 말이 적게, 마음 속에는 일이 적게, 밥통 속에는 밥이 적게, 밤이면 잠을 적게"라는《현관잡기玄關雜記》의 한 구절을 자주 떠올리지만, 그런 간소함이란 쉽게 얻어지는 게 아니다.

얼마 전에는 복통으로 한 주 동안 거의 아무것도 먹지 못했다. 말을 줄이려고 마음먹었던 것처럼 의도적인 것은 아니었지만, 그 또한 무언가 줄여볼 수 있는 절호의 기회였다. 곡기가 끊어지자 기운은 없어도 오히려 몸이 가볍고 정신이 맑아졌다. 말소리가 낮아지고, 몸을 움직이는 속도도 느려지고, 불필요한 곳에 힘을 낭비하지 않게 되었다. 그러면서 내가 그동안 지나치게 건강하게 살아온 게 아닌가 하는 생각이 들었다.

문득 눈을 들어 둘러보니, 나무 등걸에 연록빛 싹들이 돋아나고 있었다. 그 순간 며칠 비어 있던 내장이 찌르르 울렸다. 아름다운 신록 앞에서 눈이나 입이 아니라 내장으로 공명共鳴해보는 것도 금식이 가져다준 선물이었다. 물론 신록의 시절은 짧고 금세 푸른 잎이 무성해지듯이, 우리의 식욕이나 욕망도 다시 왕성해지겠지만…….

◇

플러그를 뽑는 즐거움

사람들과 대화를 나누다가 이따금 나만 멀뚱하게 앉아
있을 때가 있다. 화제가 텔레비전 프로그램이나 드라마 얘
기로 바뀔 때, 나는 무슨 소린지 도통 알아듣지 못한 채 화
제가 바뀌기를 기다릴 수밖에 없다. 〈겨울연가〉의 인기를
그 드라마가 끝날 때가 되어서야 알았고, 유행어를 들어도
그것이 어떤 광고나 프로그램에 나오는 말인지 알지 못했
다. 여자들의 스카프나 액세서리도 그것이 어떤 연예인을
모방한 패션인지 알아차리지 못했다. 심지어 미국을 강타
한 9·11 테러가 일어났을 때에도 뉴스를 보지 않고 출근
한 나는 오후가 되어서야 그 사실을 알았다. 텔레비전 플

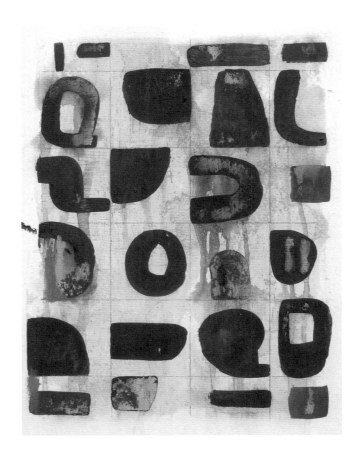

러그를 한 번도 꽂지 않았으니 세상이 어찌 돌아가는지 몰라도 너무 몰랐던 것이다.

이따금 식당에서 우연히 텔레비전을 보게 되거나 식구들이 틀어놓은 텔레비전 화면에 잠깐씩 눈길을 던진다. 그러나 내 손으로 텔레비전을 켜지 않게 된 지는 십 년이 훨씬 넘었다. 그저 일주일에 몇 번 읽는 신문과 인터넷이나 SNS에서 접하는 약간의 정보가 세상과 나를 연결하는 끈의 전부라고 해도 과언이 아니다.

대체 이런 정보치가 어떻게 사회생활을 정상적으로 할 수 있는지 의아해할 사람도 있을 것이다. 그러나 나는 내가 비사회적이라거나 세상에 무관심하다고는 생각하지 않는다. 텔레비전을 보지 않더라도 사회의 중요한 흐름은 자연스럽게 알 수 있다. 다만 조금 늦게 알게 될 뿐이고, 정보를 조금 덜 반복적으로 접할 뿐이다. 오히려 불필요한 정보를 접하지 않아도 되기 때문에 문제의 양상이 더 선명하게 보일 때도 있다. 이제는 습관이 되어서인지 텔레비전이 없는 생활이 별로 답답하지 않다. 텔레비전을 보던 때보다 내 일이나 글에 집중할 수 있는 시간이 늘어났으니 텔레비전이 주던 자유와는 다른 자유를 얻었다고 볼 수 있다.

스콧 새비지의 책《플러그를 뽑은 사람들》에는 텔레비전을 안 보는 정도가 아니라 모든 문명적 편리로부터 벗어나 새로운 자유를 선택한 사람들의 이야기가 담겨 있다. 스스로 먹거리를 생산하고, 옷을 직접 만들어 입고, 출산도 집에서 하고, 대중매체와 마우스로 움직이는 세계를 거부하는 그들은 최소한의 도구로 최대의 행복을 만들어내는 현대판 원시인들이다. 편리함이 곧 행복은 아니라는 사실을 그들에게서 확인할 수 있다.

그들의 삶에 비하면 내가 텔레비전을 안 보는 정도의 파격은 아무것도 아니다. 아직도 내 방에는 얼마나 많은 플러그들이 꽂혀 있는지……. 그 플러그들을 얼마나 뽑을 수 있을까. 자신의 습관과 욕망을 제어할 의지가 있는 사람이라면 누구나 플러그를 뽑고 한 달, 일 년, 아니 십 년을 즐겁게 지낼 수 있다. 이따금 사람들의 대화에 끼어들 수 없는 어색함을 웃으며 견딜 수 있다면, 그리고 시시콜콜한 드라마 얘기 다음에 최근에 읽은 책이나 뒷산에서 발견한 어떤 꽃에 대해 들려줄 수 있다면 말이다.

반달 모양의 칼과 길

무덤에서 무덤으로 걷다

천마총 앞의 식당에 들어가 늦은 저녁을 시켜놓고 창밖을 물끄러미 바라보았다. 여름이라 그런지 반월성 근처에는 아직 해가 남아 있었다. 얼마나 걸었던지 종아리가 쑤시고 발끝이 아려 더는 한 걸음도 뗄 수 없을 지경이었다. 그러나 그 피곤함 속에는 어떤 희열 같은 게 깃들어 있었다. 종일 차를 한 번도 타지 않고 걸어다녔다는 것, 나는 무슨 실험에라도 성공한 것처럼 기분 좋은 피로감을 느꼈다.

걷기에 적합한 땅을 찾아 경주에 온 것은 잘한 일이었다. 경주는 큰 도시이지만, 한적한 시골길 같은 분위기가 많이 남아 있다. 나는 그런 분위기가 크고 작은 무덤들 때문이라고 생각했다. 도시 곳곳에 둥근 능선을 드러낸 고분들이 다른 지방에 사는 사람들에게는 매우 낯설게 느껴진다.

경주에 며칠 동안 머물다보니 무덤뿐 아니라 이 도시의 많은 것이 그 무덤의 곡선을, 반달의 형상을 닮았다는 생각이 들었다. 삶과 죽음이, 현대와 고대가, 직선과 곡선이 어우러진 채 오랜 역사의 흔적을 간직해온 아름다운 고장. 무덤에서 무덤으로 걷다가 날이 저문 하루가 유난히 길고 비현실적으로 느껴지는 것도 그런 시간과 공간의 가두리를 지나왔기 때문일 것이다.

그래서인지 그 식당에는 여섯 살의 나와 열다섯 살의 나와 스물두 살의 내가 따라와 함께 앉아 있는 듯했다. 만일 버스나 택시를 탔더라면 그 추억의 그림자들은 여기까지 따라오지 못했을 것이다. 느릿느릿 걷는 동안 나는 한마리 연어처럼 기억의 물결을 거슬러올라가고 있었던 것이다. 그 어디쯤에서 여섯 살의 내가 어디론가 걸어가고 있었다.

고속도로 너머의 세계

나는 고속도로변에 있는 작은 시골 마을에서 자랐다. 지붕이 낮은 집들과 논밭 사이를 뛰어다니며 놀던 우리에게 고속도로는 하나의 금기였다. 이따금 고속도로 주변에 흩어져 있는 유리 조각들이나 납작하게 깔린 개와 고양이의 시체가 그곳의 위험을 말해주었다. 어른들도 입버릇처럼 고속도로 근처에 가지 말라고 주의를 주곤 했다.

그러나 그런 공포의 한 켠에는 알 수 없는 호기심과 매혹도 자리잡고 있었다. 저 고속도로가 끝나는 곳에는 무엇이 있을까, 저 버스에 탄 많은 사람들은 다 어디서 와서 어디로 가는 것일까 궁금했다. 어느 날 나는 그 낯선 길을 따라 걸어가보기로 했다. 지금 생각해보면 여섯 살의 작고 여린 발로 어떻게 그토록 먼 길을 걸어갔는지 신기하기까지 하다. 걷고 걸어서 도착한 그곳에는 여러 갈래의 길로 나누어지는 거대한 원형경기장 같은 공간이 펼쳐져 있었다. 그곳이 인터체인지라는 걸 알게 된 것은 아주 오랜 뒤였다.

사방이 어두워져 엉엉 울면서 집으로 돌아오는 길은 몇 배나 멀게 느껴졌다. 제대로 된 인도도 없는 고속도로변을 아슬아슬하게 걸어가다가 버스가 지나가면 금방이라도 그 속도에 몸이 딸려들어갈 것만 같았다. 천신만고 끝에 집에 돌아왔더니 식구들이 나를 찾느라 난리가 났다. 야단은 많이 맞았지만, 그날의 기억은 내게 길에 대한 원형적 경험으로 남아 있다.

내가 문학을 업으로 삼게 된 것은 어쩌면 여섯 살 때의 그 무모한 걸음걸이에서 시작되었는지도 모른다. 마을 밖으로 내딛던 첫 걸음은 결국 보이는 세계 너머에 닿고 싶어하는 근원적인 욕망에서 비롯된 것일 테니까. 문학은 그처럼 자신과 고향을 떠나 낯선 세계로 떠나는 부단한 여행과도 같은 것이다. 그 후로 사십 년 동안의 여정 또한 그 여섯 살 때의 길을 거듭 우회하고 있는 것이 아닐까.

고향을 떠나 도시 변두리에서 사춘기를 보내는 동안에도 내가 가장 많이 한 일은 걷기였다. 학교와 집이 멀리 떨어져 있어 하루에 왕복 두세 시간은 걸어야 했고, 그것도 모자라 툭하면 교실에서 빠져나와 학교 근처를 배회했다. 지금은 그 자리에 아파트 단지가 들어섰지만, 그때만 해도 옹기 굽는 가마터가 있고 야트막한 비탈에 자리잡은 과수원과 오솔길이 있었다. 그 길을 걷고 또 걸으면서 사춘기

의 불안과 반항의 기운을 다스릴 수 있었다.

그렇게 길 위에서 스스로를 방기하는 것이 치유의 방편이 되던 시절이 꽤 길었다. 사실 걷는 행위 자체가 자기와 세상 사이의 속도를 조율하는 일 아닌가. 그 무심한 조율이 던져주는 생각을 먹고 자랐으니 '나를 키운 건 팔 할이 발'이라고 말해도 좋지 않을까. 인간이라는 종種은 두 개의 발에서 시작되었다는 르루아 구랑의 말도 걷는 행위가 인간의 가장 근원적인 움직임이라는 것을 잘 보여준다.

그런데 언제부턴가 걷는 일에서 조금씩 멀어지기 시작했다. 걷는다 해도 발바닥의 탄력을 느끼면서 대지를 걷기보다는 도시의 아스팔트 위에서 종종걸음쳤고, 멀지 않은 거리도 자동차에 몸을 싣기 바빴다. 하루종일 의자에 앉아 자판을 두드리거나 자동차의 가속페달을 밟느라 묶여 있는 것이 현대인의 일상이다. 더이상 발은 몸을 이끄는 주인이 아니라 퇴화되어가는 신체의 일부에 불과하게 되었다.

오늘날 제대로 걷는다는 것은 두 발이 있다고 해서 자연스럽게 이루어지는 행위가 아니다. 걷기란 우리를 가두고 있는 문명의 조건으로부터 몸을 해방시키는 일종의 저항이며, 주체적인 의지나 인내 없이는 지속하기 어려운 수련에 가까워졌다. 또한 빠르게 돌아가는 세상에 대해 독자적인 속도를 만들어낼 수 있는 비결이기도 하다. 내가 짐을 꾸려 경주로 떠난 것도 바로 걸음다운 걸음을 회복하기 위해서였다.

반월성과 반월형석도

다시 반월성 쪽을 바라보았다. 해는 넘어가고, 반달 모양으로 엎드려 있는 무덤들의 선들도 희미해졌다. 반달 모양의 성과 반달 모양의 무덤들, 박물관에서 보았던 반월형석도 역시 반달 모양이다. 그 오래된 칼과 길은 왜 반달 모양을 띠게 되었을까. 물론 그 궁금증을 풀 만한 고고학적 지식은 내게 없지만, 칼을 반달 모양으로 만들었다는 것은 옛 사람들의 도구(기술)에 대한 태도를 잘 보여준다는 생각이 들었다.

내 눈에는 반월형석도가 손에 들고 다니는 작은 악기처럼 보였다. 칼로서의 공격성이 전혀 느껴지지 않는 생존의 도구. 실제로 그 돌칼은 주로 벼나 조 이삭을 베어내는 데 쓰였다고 한다. 그래서 직선으로 된 쪽은 날이 서 있고 손으로 잡는 쪽은 둥글게 다듬어져 있다. 그리고 둥근쪽 윗부분에는 두 개의 구멍이 뚫려 있어서 끈을 매달아 손가락을 걸 수 있다. 작지만 효율적인 구조로 되어 있고 날은 필요 이상으로 날카롭지 않다. 그 식물성 칼은 곡식을 베어내거나 열매를 따기에 충분했다.

그 반달 모양의 칼을 들고 일했을 손들 또한 순했을 것이다. 그들의 도구는 불필요한 욕망과 소비가 깃들 수 있는 여지가 애초부터 별로 없었다. 반달이라는 모양은 효율성과 심미성을 반반씩 지니고 있는 형상이다. 또한 일정한 주기에 따라 스스로를 채우고 비워내는 생명의 순환적 질서를 담고 있다. 그렇게 보면 신라의 옛 성과 고분들이 반달 모양으로 된 것은 우연이 아니라는 생각이 든다.

현대로 오면서 곡선은 점차 직선으로 교체되었다. 주거 공간은 직선으로 구획된 아파트가 주를 이루고, 죽은 육체 역시 둥근 봉분이 아니라 납골당의 네모난 서랍 속에 갇히게 되었다. 길도 마찬가지다. 칼날을 불필요하게 길고 날카롭게 벼려온 것처럼, 현대인들은 곡선이 자연스럽게 살아 있는 작은 길을 버리고 직선의 넓은 도로를 내었다. 그 위로는 질주하는 자동차들을 함부로 풀어놓았다.

내가 며칠만이라도 차를 타지 않고 걸어보겠다는 비장한 결심을 하게 된 것은 그 속도로부터 조금이라도 벗어나고 싶어서였다. 어떤 실용적인 목표를 향해 종종걸음 치거나 표준적인 보폭을 유지하는 것이 아니라, 느리고 자유롭게 구불구불한 곡선의 길을 걷고 싶었던 것이다. 경주는 드물게 그런 공간을 지니고 있는 도시였다. 며칠의 느린 걸음을 위해 기차를 타고 이토록 멀리 찾아와야 하는 것이 오늘날 우리가 처한 걸음의 한계이기는 하지만.

이런저런 생각에 잠겨 있는 동안 식당 주인 할머니는 저녁밥을 차려놓았다. 구수한 된장찌개 냄새에 시장기가 밀려왔다. 오랜만에 반달의 길을 잘 걸었으니 오늘 저녁밥은 참으로 달고 맛있으리라. 이 더운 밥을 곁에 앉은 여섯 살의 나에게도, 열다섯 살의 나에게도, 스물두 살의 나에게도 나누어 먹여야겠다. 그들이 힘을 내어 또 어딘가를 향해 걸어갈 수 있도록.

◇

어리석은 자가 산을 옮긴다

　지난봄 내가 한 일이란 어떤 어리석은 노인의 일과도 같
은 것이었다. 《열자列子》의 〈탕문湯問〉 편에 보면 '우공이
산愚公移山'이라는 고사가 나오는데, 말 그대로 '어리석은
자가 산을 옮긴다'는 뜻이다.

　옛날 우공愚公이라는 노인이 태행산太行山과 왕옥산王玉山
사이의 아주 좁은 땅에 살고 있었다. 이렇게 집 앞뒤에 높
이가 만 길이나 되는 두 산이 버티고 있으니 오가는 데 불
편하기가 이만저만이 아니었다. 그래서 우공은 어느 날 가
족들을 불러놓고 이렇게 말했다.

　"저 두 산을 깎아 없애고 예주豫州와 한수漢水 남쪽까지
곧장 길을 내고 싶은데, 너희들 생각은 어떠냐?"

아버지의 말씀을 차마 거역할 수 없는 자식들은 가만히 있었지만 그의 아내만은 한사코 말렸다.

"아니, 당신 나이가 90인데 어느 세월에 저 큰 산을 옮긴다는 말이에요? 늙어서 기운도 없는 데다, 파낸 흙은 또 어디에다 버리겠다는 거유?"

아내의 말에 우공은 자신 있게 대답했다.

"집에서는 조금 멀지만 발해渤海에 버리면 되지. 자, 얘들아. 당장 내일부터 일을 시작하도록 하자."

이튿날 아침부터 우공은 세 아들과 손자들을 데리고 산을 옮기기 시작했다. 돌을 깨고 흙을 파서 삼태기에 담아 발해에 갖다버렸다. 발해까지 한 번 다녀오는데 꼬박 일 년이 걸렸다. 그러니 모두들 노인이 망령 났다고 비웃었다. 그런데도 우공은 태연하게 웃으며 말했다.

"내가 죽으면 아들이 하고, 아들이 죽으면 손자가 하고, 손자가 죽으면 또 그 아들이……. 이렇게 하다보면 언젠가는 저 두 산이 평평한 땅으로 바뀔 날이 오겠지."

노인의 말을 듣고 깜짝 놀란 것은 사람들이 아니라 두 산을 지키는 사신蛇神이었다. 산이 없어지면 큰일이다 싶어 사신은 옥황상제에게 도와달라고 호소했고, 옥황상제는 역신에게 명하여 두 산을 업어 태행산은 삭동朔東에, 왕옥산은 옹남雍南에 각각 옮겨놓도록 했다. 이렇게 해서 두 산이 있던 자리에는 지금까지 작은 언덕조차 없다는 이야기다.

일반적으로 '우공이산'은 아무리 큰일도 끊임없이 노력하면 결국은 이루어진다는 의미로 쓰인다. 그러나 나는 이 고사를 통해 정작 배워야 할 것은 성실함이 아니라 어리석음이 아닌가 생각한다. 그럼 내가 지난봄 어리석음에 기대어 옮긴 산의 이름은 무엇인가. 그 산에 내가 붙인 이름은 '톱밥산'이다.

텃밭 농사를 몇 해째 지었는데, 땅과의 인연이 그리 순탄치 못해 해마다 일구는 땅이 바뀌었다. 그래도 땅에 냉기가 가실 무렵이면 동네 주변을 기웃거리며 올해는 어디에 씨를 뿌릴까 무슨 모종을 심을까 즐거운 고민을 한다. 아는 사람이 빌려준 땅에서도 지어보고 농협에서 운영하는 주말농장에서도 지어보았지만, 잘 골라진 땅에 씨 뿌리는 노릇이 왠지 밋밋하게 느껴졌다. 두 해째부터는 몇 가지 종자를 직접 받기도 했는데, 올해는 땅도 직접 일구어 마련하고 싶었다.

그러던 중 정발산 공원 근처에서 '없는 땅'을 발견했다. 공공건물이 들어설 예정인 그 빈터에는 이미 사람들이 평평한 곳이라고는 한 평도 남기지 않고 푸성귀들을 심어놓았다. 그런데 밭 구석에 톱밥과 잘게 부순 나뭇조각들이 산처럼 쌓여 있는 모습이 눈에 들어왔다. 그 톱밥산을 다른 곳에 옮길 수만 있다면 장차 드러날 땅은 한 해 농사의 훌륭한 터전이 될 수 있을 것 같았다.

다음날부터 나는 아이들을 데리고 시간이 날 때마다 그곳으로 달려가 산을 옮기기 시작했다. 그런데 지난겨울 가지치기한 나뭇가지들을 분파시켜 썩힌 그 산은 생각보다 만만치 않았다. 한 삽 한 삽 뜰 때마다 삽 끝에는 마치 그 산 전체의 무게가 얹힌 듯했다. 젖은 채 단단하게 뭉쳐 있던 나뭇조각들이 들썩거릴 때마다 흰 곰팡이 가루가 온몸에 먼지처럼 들러붙었다. 삽질을 얼마나 했는지 손에는 물집이 잡히기 시작했다. 그러나 한 뼘 한 뼘(한 평 한 평이 아니라) 땅이 드러날 때마다 내 마음이 다 환해지는 것 같았다. 그 우스꽝스러운 모습을 보고 지나가는 사람들은 혀를 찼겠지만, 그제야 나는 우공의 어리석음을 이해할 수 있었다.

235

언제부터일까, 어리석음을 스스로 지어내지 않고서는 숨을 쉬기 어려워진 것이. 아마도 우공처럼 앞뒤가 높다란 산으로 가로막혀 있다는 생각이 들면서부터일 것이다. 마음속에서 점점 높아져가는 그 산을 어떻게든 한 삽 한 삽 떠내야겠다는 절박함, 그것이 썩어가는 톱밥산 아래 숨겨진 조그만 땅을 보게 했던 것일까. 또 모를 일이다. 톱밥산 속에 사신이라도 한 마리 똬리를 틀고 내 삽질 소리를 듣고 있었는지.

시인이 백지의 공포와 싸우지 않고 한 장의 백지와도 같은 땅을 들여다보는 것은, 또는 펜 대신 삽이나 호미를 들고 있다는 것은 직무 유기에 가깝다. 그러나 시집을 묶어내고 다시 정신의 빈터를 찾아 기웃거릴 때 그 낮은 톱밥산은 좋은 일감이 되어주었다. 그 산을 옮기면서 나는 모처럼 스스로의 어리석음을 마음껏 들여다볼 수 있었다.

그렇게 얻은 대여섯 평의 땅 위에는 어느새 푸른 것들이 자라기 시작했다. 유난히 비가 내리지 않는 봄에 흉작을 두려워하는 일 또한 그 푸른 것들을 심은 어리석음 때문일 것이다.

◇

가지취 냄새나는 책을 찾아서

헌책방 주인과 인터넷 서점 주인이 나눈 대화를 읽었다. 헌책방을 찾는 고객이 하루 스무 명 남짓이고 인터넷 서점을 찾는 고객이 하루 십만 명 정도라는 말에 순간 아찔했다. 책의 유통에 있어 두 서점은 각각 아날로그적 방식과 디지털적 방식을 대표한다. 그 둘은 구멍가게와 대형 할인점의 매출처럼 단순 비교가 적절치 않을 수도 있다. 그러나 두 서점을 드나드는 책과 고객의 성향을 분석해보는 것은 오늘의 문화를 진단하는 데 흥미로운 생각거리를 준다.

나도 물론 인터넷 서점을 많이 이용하는 편이지만, 헌책방을 보면 그냥 지나치는 법이 없다. 책을 직접 펼쳐보며

고를 수 있고 의외의 책을 발견하는 즐거움이 있기 때문이다. 일단 마음에 들면 할인되지 않은 가격이라도 그 자리에서 사야 직성이 풀린다. 또, 단골 헌책방 몇 군데는 주기적으로 들러 평소에 찾고 있던 책들이 있는지 살펴본다. 새책 한 권 값으로 대여섯 권의 책을 손에 들고 나오면 부자가 된 기분이다. 그러다 보니 햇빛과 먼지 속에서 오래 묵은 책들이 뿜어내는 가지취 냄새에 길들여졌다.

그런데 몇 년 전부터는 헌책방을 찾는 보다 실질적인 이유가 생겼다. 나온 지 불과 십 년도 안 된 좋은 번역서나 학술서들이 절판되어 구할 수 없는 경우가 많아서다. 인문학의 필독서나 다름없는 책들이 절판이라는 걸 확인할 때마다 마음이 답답하다. 심지어 손꼽히는 석학의 전집조차 몇 년째 절판 상태일 정도이니, 오늘의 부박한 지적 풍토에 원인이 없지 않다는 생각이 든다. 그래서 발품을 팔며 헌책방을 돌아다니는 습관을 갖게 된 것이다.

물론 인문학의 위기를 타개하려는 자구책으로 학문의 대중적 소통을 모색하고 학제 간의 연계를 높이는 움직임들이 있기는 하다. 이러한 동시대적인 대화도 중요하지만, 그것이 일정한 두께와 깊이를 지니기 위해서는 이전의 지적 성과를 새롭게 정리하고 해석하는 일 또한 필요하다. 여기에 선행되어야 할 것이 바로 절판된 양서들을 선별하여 재출간하는 일이다. 그러나 그런 책들의 수요는 그 필요성과 반비례할 것이기에 제도적인 지원 없이는 불가능해 보인다. 문화관광부 예산이 국가 예산의 1퍼센트를 밑도는 나라에서 그런 기대를 하는 게 무리일지도 모르겠지만, 새책 한 권을 만들 공력과 비용으로 이미 만들어진 책 몇 권을 다시 살려내는 일은 효율성 면에서도 뒤지지 않을 것이다.

하루에 수백 종의 신간들이 쏟아져나오지만 한쪽에서는 수많은 양서들이 사장되거나 폐기되고 있다. 신간 코너나 베스트셀러 코너는 있으면서 지나간 양서를 재조명하는 코너는 없다. 이러한 서점 풍경은 왠지 중년의 나이에 퇴출당해야 하는 오늘날의 인력 구조를 떠올리게 한다. 새로운 것 위주로 빠르게 재편되는 풍토 때문에 정작 진가를 발휘해야 할 시기에 퇴물이 되기는 책이나 사람이나 다르지 않다.

과연 헌책은 새책보다 낡은 것인가. 과연 오십 대는 삼, 사십 대보다 낙후된 사람일 뿐인가. 헌책방은 인터넷 서점

보다 시대착오적인 공간에 불과할 뿐인가. 그렇지 않다. 다만 그 역을 증명할 수 있는 기회를 주고 지원하는 데 우리 사회가 너무 인색하고 단속적일 따름이다. 근대 천문학의 기초를 마련한 요하네스 케플러도 점성술사로 생계를 꾸려나갔다고 하지 않는가. 문제는 점성술이라는 깨지기 쉬운 달걀에서 어떻게 천문학이라는 병아리를 부화시켜낼 수 있는가 하는 것이다.

◇

팔 권리와 사지 않을 권리

노퍽 아일랜드라는 작은 나라가 있다. 서울의 송파구만한 땅에 인구 이천 명이 사는 섬나라. 그곳에서 아주 중요한 주민 투표가 있었다. 호주 정부가 휴대전화 통신망을 구축하기 위해 막대한 공사 비용을 지원하겠다고 하자, 그것을 받아들일 것인가를 두고 찬반 투표를 했다. 결과는 반대 607표, 찬성 356표였다. 대대로 문명의 이기를 최대한 거부하며 자연과 더불어 살아온 그들은 고유한 삶의 방식을 지켜나가기 위해 휴대전화마저 받아들이지 않기로 결의한 것이다.

이 외신을 읽으며 휴대전화가 들어온 지 불과 몇 년 만에 보급률 세계 1위를 차지한 우리나라의 모습이 떠올랐다. 휴대전화뿐 아니라 새로운 상품이나 모델이 나올 때마다 없어서 못 파는 이 나라에서는 그런 '불편한 선택'이 납득되기 어려울 것이다. 자본과 기술의 도입이 기업의 마케팅 전략이 아니라 주민들의 투표에 의해 좌우된다는 것 또한 우리에겐 낯선 일이다. 그러나 삶의 가치를 문명의 편리함이나 시장의 크기와 등가로 놓지 않는 독자적인 땅이 이 지구상에 아직 남아 있다는 게 다행스럽기만 하다.

그런가 하면 은둔의 땅이라고 알려져 온 히말라야에서는 '콜라 전쟁'이 한창이라는 소식도 들려온다. 히말라야 산맥을 관통하는 해발 수천 미터의 도로변에 콜라 회사의 로고가 그려진 바위들이 50킬로미터 이상 늘어서 있다고 한다. 고산 지역의 생태계에 있어 이끼는 매우 중요한 역할을 하는데, 그렇게 바위를 페인트로 칠해놓는 바람에 이끼를 비롯한 환경 파괴가 심각하게 일어나고 있다는 것이다. 시장 확보를 위한 자본의 경쟁이 이런 오지에서까지 극성을 부리고 있는 걸 보면 자본주의의 흡수력이란 정말 무소불위에 가깝다는 생각이 든다.

히말라야의 신성한 산자락을 뒤덮고 있는 콜라 광고, 그것은 어쩐지 미국인들이 서부 개척을 내세우며 수많은 인디언을 학살했던 역사를 떠올리게 한다. 인디언 멸망사를 생생하게 다룬 《나를 운디드니에 묻어주오》에서 인디언 추장 '붉은 구름'은 이렇게 말했다. "백인은 헤아릴 수 없이 많은 약속을 했다. 그러나 지킨 것은 단 하나이다. 우리 땅을 먹는다고 약속했고, 우리의 땅을 먹었다." 이 말처럼 백인들은 원주민 고유의 문화와 전통은 아랑곳하지 않고 인디언들을 우매한 장애물 정도로 여겼다. 이런 무서운 잠식력이 오늘날엔 '시장'을 얻기 위한 자본의 침투와 확장으로 나타나고 있는 것이다.

문제는 자본주의가 잔인한 정복자의 얼굴 대신 아주 부드럽고 순종적인 하인의 모습을 지니고 있다는 데 있다. 그러나 감미로운 유혹으로 미개척지를 점령한 다음에는 자본의 얼굴이 그 어떤 침략자보다 일방적이고 잔인하게 변하고 마는 것을 우리는 얼마나 많이 보아왔는가. 그렇기에 '붉은 구름'의 말은 인디언들의 비장한 최후를 증언하고 있는 동시에 초국가적 자본이 세계를 점령해가는 과정에 대한 예언이기도 하다.

노픽 아일랜드의 '불편한 선택'과 히말라야의 '무력한

수용' 사이에서 우리는 자본주의에 몸담고 살아가는 위기와 가능성을 동시에 발견하게 된다. 콜라 회사를 비롯한 모든 기업에게는 팔 권리가 있고, 모든 사람에게는 그것을 살 권리와 사지 않을 권리가 있다. 바로 그것이 자본주의가 지닌 것처럼 보이는 개방적이고 평등한 얼굴이다. 그러나 우리는 사지 않을 권리를 사용하기도 전에 이미 그것을 소비해야 한다는 주술에 빠져 있는 경우가 많다.

노펙 아일랜드 주민들의 선택은 그런 점에서 우리가 원천적으로 봉쇄당한 '사지 않을 권리'를 일깨워준다. 이처럼 고유한 문화와 정신적 가치를 지켜나가기 위해서는 사지 않을 권리를 좀더 극대화할 필요가 있다. 노펙 아일랜드나 히말라야 산정만이 자본의 예민한 격전지가 아니다. 과연 이 물건을 살 필요가 있는가 없는가, 망설이는 매 순간 우리는 현란한 상품들 앞에서 마음의 찬반 투표를 하고 있는 셈이다.

◇

나무 열매와 다이아몬드

"한 사람, 두 사람, 세 사람……." 아이는 창밖을 보며 손가락을 열심히 꼽고 있었다. 그런데 알고 보니, 아이는 사람이 아니라 눈에 보이는 나무들을 차례로 세고 있는 것이었다. 나무를 셀 때는 '그루'라는 단위를 사용해야 한다는 것을 배우기 전이니 그럴 만도 하다. 그런 아이의 눈에는 사람과 나무가 동등한 가치를 지닌 존재로 보일 것이다.

이처럼 아이들이 무심코 쓰는 말을 잘 관찰해보면, 대상에 대해 분화되지 않은 의식에서 나온 표현들이 적지 않다. 내가 어쩌다 안전벨트 매는 것을 잊으면 아이는 "엄마, 그러다 경찰한테 들켜"라며 귀띔해준다. '걸리다'라는 동사 대신 '들키다'라는 동사를 쓰는 걸 보면 아이는 법적인 규칙이나 공중도덕도 숨바꼭질 같은 놀이의 규칙처럼 여기는 모양이다. 그래서 아이들의 말은 문법적으로는 다소 문제問題가 있지만, 자유로운 상상력과 실물적 감각을 지니고 있다는 점에서는 문재文才를 보여준다.

그럼 언제부터 그렇게 자유로운 상상력과 감각이 관념화되고 계량화되는 것일까. 아마도 사회에서 통용되는 각종 '단위'와 '문법'을 익히면서부터일 것이다. 나아가 그 단위와 수량, 가격에 따라 대상의 가치를 가늠하는 데 익숙해지면서부터일 것이다. 결국 나무를 "한 그루, 두 그루……"라고 똑바로 셀 수 있을 때부터 아이의 마음 속에는 사람과 나무를 구분하는 척도가 생겨나게 되는 게 아닌지. 그것은 지식의 획득과 분화 과정이면서 동시에 전체성을 상실해가는 과정이기도 하다. 아이에게 '그루'라는 새로운 단위를 가르쳐주려다가 머뭇거린 것도 그래서였다.

단위나 도량형의 역사를 보면, 최초의 단위나 척도는 대체로 인간의 몸을 기준으로 해서 만들어졌다. 우리나라에서 한 되升라고 부르는 것은 원래 성인 남자의 양손을 모아 담은 곡물량을 표준으로 삼았다고 한다. 또 이집트에서 가장 널리 사용되었던 '큐빗Cubit'이라는 단위는 팔꿈치부터 가운뎃손가락 끝까지의 팔길이에 해당한다. 그리스에서 길이를 잴 때 쓰던 '핑거Finger' 역시 손가락을 단위로 한 것이다. 이렇게 인간의 몸 자체가 가장 훌륭한 자尺 역할을 했다.

그러나 도량형이 발달하고 미터법으로 통일되면서 만들어진 정교한 자가 차츰 인간의 몸을 대신하게 되었을 뿐 아니라 그것을 능가하게 되었다. 초밀도의 정확성을 향해 기계적 척도가 발달함에 따라 인간의 몸이 지닌 실물적 감각은 퇴화될 수밖에 없었다. 또한 '모든 사람을 위한, 모든 시대를 위한' 미터법이 많은 편리를 제공했음에도 불구하고 사람들의 의식을 표준화시키고 획일화시킨 면이 없지 않았다.

그렇다고 오늘날 사용하고 있는 미터법을 폐기하고 다시 원시적인 상태로 돌아가자는 말은 아니다. 다만 도량형의 발달과 척도의 세분화가 우리의 의식과 생활을 어떻게 변화시켰는지를 되돌아볼 필요는 있지 않을까. '나무'를 '사람'으로 세던 아이의 엉뚱한 행동이 환기시키는 것도 바로 '단위'나 '문법'의 원초성이다. 완강하게 굳어가는 어

른들의 기준을 즐겁게 흔들어보는 것, 그 반전이 일으킨 생각의 자장은 꽤 근원적일 수 있다.

　다이아몬드의 무게를 측정하는 단위가 '캐럿'이라는 것은 누구나 알고 있다. 그러나 이 '캐럿'이라는 단위가 원래 캐럽나무 열매 하나를 기준으로 다이아몬드의 무게를 잰 것에서 유래했다는 걸 아는 사람은 드물다. 나무 열매와 보석. 돈으로 환산할 때 이 둘은 하늘과 땅 차이지만, '캐럿'이란 단위를 처음 사용했던 사람들에게 상품성은 그리 중요한 문제가 아니었을지 모른다. 그들에게는 한 캐럿의 다이아몬드와 캐럽나무 열매 한 개가 비슷한 존재의 무게로 느껴졌으리라.

　그러나 지금은 그 단위가 생겨난 아름다운 연원은 잊히고 재화로서의 다이아몬드만이 중요해진 세상이 되어버렸다. 나무와 사람을 구분해서 셀 수 있다는 것이, 또한 나무 열매와 보석이 지닌 상품적 차이를 알게 되는 것이 과연 진화라고만 볼 수 있을까. 창밖의 나무를 열심히 세고 있는 아이를 보며 문득 떠올린 질문이다.

영양과 뱀잡이수리

어려움에 처하거나 선택의 기로에 서게 될 때 나는 두 가지 동물을 떠올린다. 하나는 깊은 산속에 사는 초식동물인 영양이고, 다른 하나는 아프리카 사바나에 사는 독수리인 뱀잡이수리다. 두 동물은 몸집이 제법 크지만 사자나 호랑이 같은 맹수들의 습격으로부터 자신을 보호해야 한다는 점에서는 크게 다르지 않다. 그런데 맹수의 습격에 대처하는 태도에 있어서 영양과 뱀잡이수리는 매우 대조적이다.

'영양괘각羚羊掛角'이라는 중국 고사가 말해주듯이, 유난히 겁이 많은 영양은 천적의 습격을 피하기 위해 낭떠러지

끝의 나뭇가지에 그 뿔을 걸고 잔다고 한다. 실제로 영양의 뿔은 앞으로 둥글게 구부러져 있어 나뭇가지에 고리 모양으로 단단하게 걸 수 있다. 그렇게 뿔을 걸고 허공에 매달려 잠을 자기 때문에 맹수들이나 사냥꾼은 영양을 쉽게 찾아낼 수 없다. 또한 영양이 떠나고 난 자리에는 아무런 흔적이나 냄새도 남지 않는다.

그래서 중국의 시론가인 엄우는《창랑시화滄浪詩話》에서 '영양괘각'이라는 고사를 인용하면서 좋은 글이나 문장의 흥취란 눈에 보이는 것이 아니라 언어 너머에 있는 것이라고 했다. 모든 발자국이 끝난 곳에 영양의 존재가 있듯, 진정한 시는 의미의 한계를 넘어선 곳에 존재한다는 뜻이다. 이처럼 '영양괘각'은 글쓰기의 묘오妙悟한 경지를 비유할 때 쓰이기도 한다.

어찌 보면 영양은 고단하기 짝이 없는 운명을 지녔다. 하지만 어디에도 안주하지 않고 부단히 새로운 곳을 찾아 떠난다는 점은 본받을 만하다. 언제 어디서 닥쳐올지 모르는 위기에 대비해 늘 깨어 긴장을 유지하는 것 또한 영양의 큰 미덕이다.

그에 비해 뱀잡이수리의 위기관리 능력은 상당히 떨어

지는 편이다. 뱀잡이수리는 독수리과에 속하는 맹금류로서, 평소에는 평야나 사바나의 뱀, 두더지, 쥐 등을 잡아먹으며 산다. 생존하는 조류 중에서 육상에 서식하는 유일한 새이기도 하다. 이런 습성 때문에 뱀잡이수리는 사자나 호랑이의 습격을 받으면 당황한 나머지 자신이 날 수 있는 존재라는 사실을 잊어버리고 만다. 너무 다급하면 바로 옆에 있는 손쉬운 해결책마저 잘 보이지 않는 것처럼, 뱀잡이수리의 용맹함이나 날렵함도 그 순간 무기력해지고 만다. 두 날개를 펴서 가볍게 날아오르면 될 것을 두 발로 이리저리 뛰어다니다가 결국 맹수에게 잡아먹히는 것이다.

위기에 처했을 때 우리는 둘 중 어떤 방식으로 대응했던가. 허둥지둥 쫓기는 뱀잡이수리의 모습은 아니었는지 자문하게 된다. 작은 어려움 앞에서 우리는 얼마나 자주 두려움에 사로잡혀 지냈던가. 그 두려움 때문에 문제를 해결하거나 극복하는 일을 지레 포기한 적은 얼마나 많았던가. 또는 뚜렷한 방법을 찾지 못한 채 우왕좌왕하며 얼마나 많은 시간을 낭비해버렸던가. 그러고 보면 뱀잡이수리를 어리석다고 탓할 수만도 없다.

어떤 사람의 진면목이나 숨어 있는 저력을 발견하게 되

는 것은 그가 위기에 처했을 때다. '질풍경초疾風勁草'라는 말처럼, 세찬 바람이 불어봐야 억센 풀인지 아닌지를 알 수 있는 법이다. 상황이 순조롭고 승승장구할 때 여유 있는 모습을 보여주기는 쉽다. 하지만 자신만만하던 사람도 갑자기 닥친 위기 앞에서는 여유와 균형을 잃어버리기 십상이다.

브라이언 트레이시는 《크런치 포인트》에서 성공의 비결이란 우리가 결정적인 순간에 어떤 판단을 내리느냐에 달려 있다고 말한다. 그러면서 그 비결로 위기 상황에 대한 유연하고 침착한 대응, 사실에 근거한 판단과 제약 요소들의 인정, 창의적인 발상과 집중적인 노력, 우선순위의 명료한 결정 등을 들고 있다. 나는 세간의 성공전략 지침서들을 신뢰하지 않는 편이지만, 그 실용서들이 전파하는 메시지, 즉 자신과 상황에 대한 객관적인 판단력과 대응이 중요하다는 것에는 동의한다. 자신의 결함과 한계를 인정하면서 새로운 가능성을 향한 발걸음을 늦추지 않는 것, 나뭇가지에 뿔을 걸고 자는 영양에게서 배워야 할 미덕이다.

◇

폭설이 우리 곁을 지날 때

칠십 년 만의 폭설이 내린 날, 나는 원주발 광주행 고속 버스에 타고 있었다. 끝도 없이 퍼붓는 눈보라에 고속도로 는 폐쇄되었고, 백양사 근처에서 천여 대의 차량이 고립된 채 새벽을 맞았다.

그날 밤 폭설 속에서 발견한 풍경 몇 개를 여기 적어본 다. 이것은 아름다운 자연의 뒷모습이 얼마나 무시무시할 수 있는지에 관한 경험으로서, 등반과 정복의 기록이 아니 라 정체와 정지의 기록에 가깝다. 유난히 길었던 폭설 속 의 하루는 근대적 시간 속에 돌연히 끼어든 전혀 다른 시 간의 얼굴을 지니고 있었다.

·

호남 지방에 폭설이 내릴 거라는 예보를 듣고 예정보다 서둘러 광주행 고속버스를 탔다. 간간이 눈발이 날렸지만 원주를 출발한 버스는 별 무리 없이 시속 100킬로미터 남짓한 속도로 달렸다. 그 정도 속도라면 네 시간 안에 광주에 도착할 수 있을 것 같았다. 일찍이 하인리히 하이네는 기차의 속도로 인해 공간이 살해되었다고 말했다. 그 말처럼 기차나 고속버스에 몸을 싣고 어딘가로 가는 행위란 더이상 살아 있는 여행이 되지 못한다. 철로나 고속도로변의 맥빠진 풍경은 다만 목적지에 도달하기 위해 통과해야 할 추상적인 덩어리에 불과하다. 나는 이내 피로해진 눈을 감으며 의자 깊숙이 몸을 밀어넣었다.

전주를 지날 무렵부터 눈발은 굵어져 빠른 속도로 쌓이기 시작했다. 호남지방에 새벽부터 내린 눈이 이미 상당히 쌓여 있던 터라 고속도로는 빙판이나 다름없었다. 이 눈보라 군단은 대체 어디서 끝도 없이 몰려오는 것일까. 백색 계엄령의 삼엄한 경계선에서 차들은 더이상 속도를 내지 못했다. 천천히, 천천히, 가다, 서다,를 반복하다가, 마침내, 버스가, 멈, 추, 었, 다. 도로변에 있는 볼록거울이나 표지판 위에도 눈이 메뚜기 떼처럼 엉겨붙어 있었다. 그 거울은 더이상 아무것도 비추지 못했다.

점심 1시 40분

깜박 잠이 들었다 깨어보니 터널 속이다. 백양사 가기 직전에 있는 호남터널이라고 한다. 희미한 조명 아래 수많은 차들이 두 차선을 꽉 메우고 서 있었다. 터널 속에 갇힌 것이다. 흔히 고속도로와 대형 터널을 전 국토를 잇는 동맥에 비유하지만, 고속도로가 마비되는 순간 그것이 얼마나 인위적으로 강제된 길인지가 여실히 드러난다. 사실 고립의 상황은 그 도로와 터널이 건설될 때부터 이미 예정된 것이나 다름없다. 넓은 직선의 길을 만들기 위해 싼값에 토지를 매입하려면 주거지역과는 거리가 먼 들판과 산맥을 관통할 수밖에 없기 때문이다. 만일 여기에 고속도로와 터널이 건설되지 않았다면 이렇게 많은 차들이 한곳에 운집할 일도 없었을 것이다. 속도와 운송량을 자랑하던 길은 그만큼 심각한 고립과 재앙을 불러올 수 있는 길이기도 하

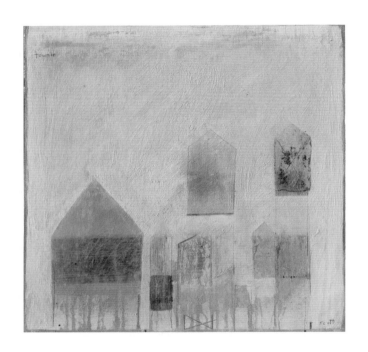

다. 문명의 이기들이 발명되면서 그에 따른 재해도 함께 발명되는 셈이다. 백색의 계엄군은 자연을 관통해 도로와 터널을 뚫어놓은 인간을 향해 영토의 반환을 요구하고 있었다.

저녁 7시 50분

휴가 나온 군인 둘, 이십 대의 연인 한 쌍, 장흥에 산다는 노부부, 오십 중반쯤으로 보이는 한 남자, 그리고 내가 승객의 전부였다. 조용하고 참을성 많은 다른 승객들과 달리 오십 대의 남자는 버스 안의 불안하고 불쾌한 공기를 수시로 휘저었다. 오 분이 멀다 하고 온갖 관공서에 전화를 걸어 욕설을 퍼부어대는가 하면, 신발을 신은 채 의자 위에 다리를 올려놓고 코를 골아대기도 했다. 그러다 전화벨 소리에 깨어나 큰 소리로 통화를 하고는 또다시 불특정 대상을 향해 분통을 터뜨렸다. 터널 안의 탁한 공기보다, 배고픔이나 갈증보다 더 견디기 힘들었던 것은 그의 공격성이 언제 누구를 향해 터질지 모른다는 긴장감이었다. 재난영화를 보면 자연재해나 전쟁의 상황보다 고립 상태가 불러오는 인간의 공격성이 더 공포스럽지 않던가. 그런데 갑자기 그 남자는 배낭을 메더니 버스 문을 박차고 나가버렸다. 기사에게 백양사역이 몇 킬로미터 남았느냐고 물었던 것으로 보아 그는 눈길을 헤치고 걸어갈 작정을 한 것 같다. 그의 결심으로 인해 버스 안은 다시 평화로워졌다.

저녁 9시 32분

9시 뉴스에 호남지방 폭설에 관한 보도가 나갔는지 연이어 사람들의 핸드폰이 울렸다. 이 눈 속에서도 끊어지지 않은 게 있다는 사실이 신기했다. 전신이 나오고부터는 정보의 속도가 수송의 속도를 앞지르거나 대체해버렸다. 멀리서 걸려온 전화를 통해 오히려 우리가 처한 객관적인 상황을 알게 되었다. 백양사부터 장성 사이에 천여 대의 차량이 고립되어 있고 제설작업과 구호 작업이 진행중이라는 것, 그러나 염화칼슘도 이미 동이 나고 제설 속도가 강설량을 따라잡지 못해 내일 아침까지도 도로가 복구되기 어려울 수 있다는 것, 오늘이 바로 1940년 이래 최대의 폭설이 내린 날이라는 것……. 도로공사는 계속 통화중이었고, 어쩌다 운좋게 당직실 직원과 몇 마디 나누었지만 돌아온 것은 언제 복구될지 알 수 없다는 답변뿐이었다. 그제야 정말 고립되었다는 실감이 났다. 보이지 않는 어디선가 제설작업이 이루어지고 있다는 말을 과연 믿어야 할까.

밤 9시 45분

구호대가 건빵 한 봉지와 생수 한 병씩을 나누어주고 갔다. '추억의 건빵'이라고 쓰여 있는 누런 봉지를 한참 바라보다가 나는 그 '생존의 건빵'을 몇 개 씹어삼켰다. 목이 메었다. 종일 아무것도 먹지 못했는데, 빈 속을 달래기에 건빵은 너무 퍽퍽했고 물은 너무 차가웠다. 175그램의 건빵 속에 5그램의 별사탕이 들어 있었다. 퍽퍽한 인생에 있어서 달콤한 순간의 비율도 그쯤 될까. 나는 별사탕이 들어 있는 작은 비닐봉지를 뜯어 한입에 털어넣었다. 그것이 마치 이 상황을 잊게 해줄 무슨 알약이라도 되는 것처럼.

밤 10시 40분

갑자기 버스 문이 열리고 낯선 사람들이 몰려와 빈자리마다 앉기 시작했다. 어느 회사의 통근차에 연료가 떨어져 광주행 버스마다 직원들을 나누어 태운 모양이다. 터널 속이라 가뜩이나 탁한 공기가 버스 안의 밀집도가 높아지면

261

서 땀냄새와 입냄새까지 겹쳐 숨을 쉬기가 어려울 정도였다. 그러나 승객의 동의 없이 사람들을 태운 것에 대해 누구도 불평하지 않았다. 어두운 버스 속에서, 기나긴 터널 속에서, 이름도 얼굴도 모르는 사람과 나란히 앉아 견딘다는 사실이 낯선 우리들을 묶고 있는 끈처럼 느껴졌다. 그러나 나는 옆자리에 앉은 여자에게 한마디도 건네지 못했다. 게오르크 짐멜의 관찰에 의하면, 대형 버스나 지하철의 등장으로 사람들은 말 한마디 주고받지 않은 채 서로를 몇 시간 동안 어색하게 바라보아야 하는 상황에 처하게 되었다고 한다. 그 어색한 침묵에 길들여진 대도시 사람들의 눈은 지나치게 방어적이다. 그녀의 방어적인 표정을 굳이 열고 싶다는 생각이 내게도 들지 않았던 것이다.

밤 11시 12분

차들이 내뿜는 매연으로 터널 안이 자욱했다. 눈과 코가 너무 매워서 코트를 단단히 여미고 터널 밖으로 걸어나갔다. 매연보다는 차라리 추위가 나을 것 같아서였다. 터널 밖에는 눈보라가 계속되고 있었고, 터널 입구는 사람들이 갈기고 간 오줌으로 질척거렸다. 차가 매연을 배출하듯이,

사람 역시 배설하지 않고는 살 수 없는 존재라는 걸 그 지린내가 말해주었다. 버스로 돌아오는데, 터널 속이 마치 요나가 갇혀 있던 고래 뱃속과도 같다는 생각이 들었다. 그러면서 이 모든 재난이 나 때문에 생겨난 것 같은 맹목적인 감정에 사로잡혔다. 아, 나는 이 폭설의 어처구니없는 피해자가 아닌가. 고개를 흔들다가 나는 그 죄의식이 전혀 근거 없는 것은 아니라는 생각에 이르렀다. 기상이변이 우연한 자연재해가 아니라면, 우리 모두는 그것을 만들어낸 공범자가 아닌가.

밤 11시 45분

차들이 조금씩 움직이기 시작했다. 내가 탄 버스는 터널 중간에서 터널 입구까지 나아갈 수 있었다. 차의 행렬은 다시 기약 없는 정지 상태로 들어갔지만, 창밖에 눈 내리는 풍경을 볼 수 있다는 것만으로도 작은 위안이 되었다. 그런 상황에서도 설경이 아름답다는 생각이 잠시 들었고, 나는 눈을 맞으러 터널 밖으로 걸어나갔다. 터널 입구는 터널 안과 밖의 기압 차이 때문인지 바람이 유난히 심했다. 눈이 얼마나 쌓였는지 보려고 눈더미 속으로 다리 한

쪽을 밀어넣었다. 라디오에서 보도된 적설량은 30센티미터 정도였지만, 눈은 이미 무릎 위까지 차올랐다. 그 순간 중앙분리대에 심긴 소나무들이 눈에 들어왔다. 바람을 견디느라 가지와 잎이 많지 않은 나무들에는 눈송이가 쌓일 틈도 별로 없었다. 나무들은 얼마나 추울까. 그러나 맨몸으로 눈을 맞고 있는 그들이 인간보다 훨씬 강하고 지혜로운지도 모른다. 나무들은 적은 몸피로 자기가 견딜 만큼의 눈만 품고 있으니까. 중앙분리대의 난간에는 그 형체를 알아볼 수 없을 정도로 눈이 쌓였지만, 소나무 이파리에 앉은 눈은 한 줌이 채 안 되어 보였다.

새벽 1시 45분

드디어 고속도로가 뚫렸다. 차들이 늘어선 하행선에서는 제설작업이 불가능하기 때문에 상행선 쪽에서 제설작업이 이루어졌고, 그렇게 열어놓은 중앙선을 넘어 차들은 역주행을 시작했다. 이런 천재지변이 아니고서는 고속도로에서 역주행은 상상도 할 수 없는 일이다. 중앙선을 지워버리고 도로교통법을 초월하는 눈의 위력이라니! 제설차가 간신히 열어놓은 유로流路를 따라 헤엄치는 물고기들

처럼 차들은 아주 조금씩 앞으로 나아갔다. 그러나 브레이
크를 위태롭게 밟을 때마다 깜박이는 빨간 백라이트는 정
지! 정지! 하고 외쳐대는 듯했다.

새벽 2시 34분

장성 톨게이트를 통과했다. 상행선은 불이 꺼져 있고,
하행선쪽 톨게이트 전광판에만 불이 켜져 있었다. 입구에
쓰인 '천천히'라는 글자 위에도 흰 눈이 덮여 있었다. 문제
구간은 거의 벗어났다고 하지만, 우리 앞에 또 어떤 일이
기다리고 있는지, 얼마나 천천히 가야 할지 알 수 없었다.

새벽 3시 7분

멀리 첨단 지구의 아파트들이 보이기 시작하고, 모텔과
유흥업소의 붉은 간판들이 눈에 들어왔다. 첨단 과학도시
를 만들겠다는 애초의 계획과 달리 대도시 외곽에 자리잡
은 소비문화의 첨단 지구. 인적 끊어진 도시를 그 불빛들
이 지켜내고 있는 것처럼 보였다. 광주 도심으로 들어서자
길가에 버려두고 간 차들이 여기저기 처박혀 있었다. 바퀴
도 몸체도 보이지 않아 눈 덮인 윤곽을 통해서만 그것이

승용차였고, 봉고차였고, 트럭이었음을 짐작할 수 있었다. 새 승용차를 여덟 대나 실은 트레일러도 눈에 쌓인 채 방치되어 있었다. 저 차들은 지상에 바퀴를 대기도 전에 눈 내리는 허공을 달리고 있구나.

새벽 3시 35분

광주터미널에 도착했다. 버스들이 발이 묶이는 바람에 터미널 밖에까지 빼곡하게 서 있었다. 속도를 거세당한 짐 승들처럼 잔뜩 웅크린 버스들. 폭설이 지나가는 동안 속수무책으로 갇혀 있어야 했던 우리의 모습도 그와 다르지 않았을 것이다. 백양사에서 광주터미널까지 평소 삼십 분 정도면 올 수 있는 거리를 무려 열다섯 시간 만에 도착하다니! 시간의 블랙홀에라도 빠졌다 나온 기분이다. 아니면 긴 재난영화 한 편을 찍거나 보고 나온 것 같다. "재난영화를 보는 것은 자신의 장례식을 떠올리는 것과 비슷하다"는 말처럼, 나는 줄곧 죽음과 종말에 대해 생각하고 있었다. 한 개체의 죽음, 또는 인류라는 종種의 죽음. 작년 한 해 자연재해로 인한 경제적 손실만 이천억 달러가 훨씬 넘었다고 하는데, 목숨을 잃은 사람은 또 얼마나 많을 것인

가. 현대의 과학기술도, 정치권력도 대자연의 반란 앞에서
는 속수무책일 수밖에 없었다.

새벽 4시 4분

간신히 택시를 잡아타고 집 앞에 내렸다. 집에 들어가기
전 나는 손을 하늘로 뻗어보았다. 손의 온기에 금방 스러
지고 마는 눈송이. 희고 차갑고 가볍기 그지없는 그 눈송
이 속에 내내 갇혀 있었다는 사실을 믿을 수가 없었다. 아,
그 가벼운 존재의 무거움에 대해 무어라 적을 것인가.